二十世纪流行经典丛书

NEVER LEAVE ME

永不离开

Harold
Robbins

〔美〕哈罗德·罗宾斯 著

何斐 译

人民文学出版社
PEOPLE'S LITERATURE PUBLISHING HOUSE

著作权合同登记号　图字 01-2021-0633

图书在版编目(CIP)数据

永不离开/(美)哈罗德·罗宾斯著；何斐译.—
北京:人民文学出版社,2021
(二十世纪流行经典丛书)
ISBN 978-7-02-016888-0

Ⅰ.①永… Ⅱ.①哈… ②何… Ⅲ.①长篇小说-美
国-现代 Ⅳ.①I712.45

中国版本图书馆 CIP 数据核字(2020)第 268243 号

责任编辑　卜艳冰　邱小群　刘佳俊
封面设计　钱　珺

出版发行　人民文学出版社
社　　址　北京市朝内大街 166 号
邮政编码　100705

印　　刷　山东新华印务有限公司
经　　销　全国新华书店等

字　　数　140 千字
开　　本　890 毫米×1240 毫米　1/32
印　　张　5.625
版　　次　2021 年 7 月北京第 1 版
印　　次　2021 年 7 月第 1 次印刷

书　　号　978-7-02-016888-0
定　　价　39.00 元

如有印装质量问题,请与本社图书销售中心调换。电话:010－65233595

作为开始的结束

我吃完午饭，两点三十分回到了办公室。刚一进门，我就对秘书米琦问道："律师把合同寄来了吗？"

她点头道："我把合同放在你办公桌上了，布拉德。"

我坐在办公室里，看着合同。我飞快地翻阅这些文件。这些杂乱的文件上面打印着一堆令人发狂的"鉴于""原因"之类的正式字眼，但它们都是真实有效的。这真是一个欢快的时刻。当我开始阅读文件时，心中无限欢喜。这比饭后喝上一杯白兰地还要舒适。

嗡嗡声响起，我接起电话，但我的双眼依旧停留在合同上。"保罗·雷米从华盛顿打过来的电话，在二线。"秘书的轻声细语传入我的耳朵里。

"嗯。"我说着便按下了按钮。我的声音里面依旧流露着满足感。"保罗，"我对着电话高声喊道，"就在刚才，我拿到了那份合同……"

"布拉德！"保罗的尖叫声阻止了我，我预感到了什么，心跳猛地加速。

"发生了什么事，保罗？"

"伊莱恩自杀了！"

听到这个消息，我的头像炸裂了一样。

"不，不会的，保罗！"合同从我的手中掉落在地板上。我的胸口像被什么东西堵住了。我几次想开口说话，却一个字也说不出来。

我颓废地跌坐在椅子上。在一阵恍惚里，我眼前的办公室开始旋转起来。我紧闭着双眼。伊莱恩，我无声地叫喊着——伊莱恩，伊莱恩，伊莱恩。

绝境里，我艰难地试着说话，声音听上去非常怪异，还有些沙哑。"到底发生了什么，保罗？什么时候发生的？"

"昨天晚上。"他说道，"就在昨晚，她服安眠药自杀了。"

我努力深吸了一口气，恢复了一点自制力。"怎么会这样，保罗？"我问道，其实我心中早就知道答案了，"她写遗书了吗？"

"没有，什么都没有，所有人都不知道为什么。"

我的嘴边轻轻地发出了一声叹息。她从来都是如此，一直到她生命的尽头。我的声音听着已经没有刚才那么微弱了。"这太让人震惊了，保罗。"

"对我们来说都是这样，布拉德，"他说道，"而且这件事情刚好发生在她的一切看上去有些起色的时候。就在几个星期前，伊迪丝还说，有了你的支持，伊莱恩开展了救助儿童脊髓灰质炎患者的慈善活动，她看起来非常快乐。她说伊莱恩又找回了以前的自己，还懂得去帮助别人了。"

"这些我都知道，"我虚弱地说，"我都知道。"

"这就是为什么我会给你打电话的原因，布拉德，"他说，"伊莱恩，她很欣赏你。她认为你非常了不起。她经常和伊迪丝说你对她非常好。"

他的话刺激着我的心。我只想阻止他，让他不再谈论这些话题，否则我一定会发疯的。"我也认为她很好。"我沙哑地说道。

"所有人都这样认为，布拉德，"他表示赞同地说，"我们一直很好奇，她到底是从哪里获得了勇气和力量去面对一切。我想这个答案，我们永远得不到了。"

我闭上了双眼。他们不会知道的，但是我知道。我知道很多事情，非常多的事情。"葬礼是什么时候？"我麻木地问着。

"后天。"他回答道。并且告诉了我教堂的名字。"十一点钟，"接着他又补充道，"她会在她丈夫和孩子们的身边安息的。"

"我会去的，"我说，"到时候见吧。对了，如果有什么事情需要我帮忙的话……"

"不需要了，布拉德，所有事都安排好了，"他回答道，"现在谁都不能再为她做点什么了。"

我挂断了电话，但是保罗的话依旧在我耳边回荡。我呆坐在椅子上，凝视着散落在地上的文件。当我不由自主地弯腰去拾取它们时，眼泪突然落下来。

这时，门开了，但是我并没有抬头。米琦就站在我的面前。我感受到她把手按在了我的肩上，然后说道："我很难过，布拉德。"

我直起身子望着她："你都知道了？"

她点了点头。"电话接进来之前，他就告诉了我。"她喃喃地说道，"真的太恐怖了。"她把一杯酒递到我面前。

我接过酒杯，递到嘴边小口抿着，她低下头去捡拾散落在地上的文件。等我喝完时，她把文件也收拾好了。她还是有些不放心地看着我。

我努力动了动嘴角，挤出一个勉强的笑容："我没事了，就放在这里吧，我一会儿接着看。"

她把文件整齐地堆叠在桌子上，朝着门口走去。我喊住了她。"不要接电话进来了，米琦，我不想被打扰，我需要一个人安静一下。"

她轻轻地点了点头，带上了房门。我走近窗前，望着外面。

天空呈现出一种寒冬时分才有的独特的蓝色，城区内灰白色的写字楼一栋栋耸立着。人们可以在麦迪逊大道旁一块两万平方英尺 ① 的土地上面建造出租面积达五十万平方英尺的大楼。随处可见星罗棋布的新型建筑。这就是所谓的第一流生活中的一部分，而这第一流的生活已经成为我的一部分。

　　从我懂事的时候开始，我就向往着这种生活。直到现在我才知道它的价值是什么。一文不值。真的一文不值。在大街上随便一个普通人的生命，要比这些城市加起来还要重要得多。

　　她死了，但我依旧无法接受这个事实。就像片刻之前，她温暖的嘴唇还贴着我的嘴边，她柔软的气息还含在我的口中，她撩人的声音还萦绕在我的耳边。

　　伊莱恩，我大声地叫喊着她的名字。从前这个声音让我想起那个温柔可爱的女人，可如今却像一把刺刀插入我的胸口。你为什么要这样，伊莱恩？

　　嗡嗡声再次响起，我怒不可遏地冲向桌子，拿起电话呵斥道："我说过不要把电话接进来。"

　　"布拉德，你的父亲来了。"米琦小声说道。

　　"这样啊。"说完我转身面对着房门。

　　父亲笨拙地走了进来。他走路的时候总是显得呆头呆脑，他唯一看上去优雅的时候就是当他坐在方向盘后方的时候。他用深色的双眼望着我，像是在寻找些什么，接着问道："你听说了吗？"

　　我点了点头回答道："是的，保罗打电话告诉我了。"

　　"我坐在车上，收音机里传来了那个消息，我就马上过来了。"他说道。

　　"谢谢。"我从酒柜中拿出一瓶酒，倒了两杯，并给他递了一杯过

---

① 1 平方英尺约为 0.09 平方米。

去，"放心吧，我没事的。"

我一饮而尽，而他并没有喝酒，只是端着杯子问道："那你现在准备怎么做？"

我摇了摇头。"我不知道。我已经在电话里和保罗说了会去参加葬礼，但是我不知道现在是否还能过去。我不知道要怎么去面对她。"

他依旧在寻找什么，望着我说："怎么了？"

我望着他看了很久，情绪终于到了爆发的边缘。"怎么了，你难道不知道吗？因为是我杀了她啊！这和我拿着手枪给了她一颗子弹有什么区别！"我失魂落魄地跌在椅子上，用双手捂着脸。

父亲坐在我对面问道："你是怎么知道的？"

我抬起头来看着他，眼中已经充满了愤怒的火焰："因为是我主动向她求爱，并且对她撒谎，对她许下了一些自己知道根本不可能实现的承诺；因为她爱我，相信我，她从未想过我会离开她。她失去了我，就如同失去了整个世界，因为对她来说，我就是她的世界。"

他缓缓地喝了一口酒，看着我说了句话："你真的是这样想的吗？"

我点了点头。

他思虑了下说道："所以你必须去参加她的葬礼，祈求她能够在另一个世界原谅你，不然你这辈子都不会安宁的。"

我喊叫道："可是，父亲，我做不到！"

他站起身来，坚定地说道："你会做到的，因为你是我的儿子，布拉德。虽然你身上遗传了我许多的坏毛病，但是你绝不是一个懦夫。或许这样做会很难，但是她一定会原谅你的。"

父亲把门关上，然后离开了，现在只剩下我一个人了。我看着窗外，寒冬被暮色覆盖着。就在不久之前，也是在某个这样的日子，我第一次与她相遇。

在从那时到现在的这段时光里，我终将在某个时刻找到答案。

第一章

刮胡子的时候，我透过镜子的角落看着她。浴室的门没有关上，我看到她从床上坐了起来。她棕红色的长发犹如瀑布一般披散着，透过她的长裙依稀可见她乳白色的双肩。她是那样的年轻，我兴奋地想着。看着她的模样，没有人会相信再过三个星期就是我们二十周年的结婚纪念日了。

快二十年了。我们有两个孩子——男孩十九岁，女孩十六岁——而她自己，看起来也像个孩子。她的身材纤细，娇小可人，这么多年过去了，衣服的尺码依旧和结婚时候一样。她那双灰黑色的大眼睛和当年一模一样，她的嘴唇也和当年一样温润饱满，即使不涂口红，也是那样红润鲜艳。她的下巴圆中带方，散发着诚信和正直。

我看到她起床穿上睡袍。几十年来她一直保持着那种令人兴奋的身材。看到她渐渐消失在我的视野范围时，我才开始仔细地刮胡子。我用手心摩挲着胡子。

依旧是那么扎手。一直都是这样的。每次我都得重复刮上两遍才可以使皮肤变得光滑。我拿着刷子，再次往脸上涂抹着泡沫，并开始无意识地小声哼唱起来。

我惊讶地望着镜子里的自己。平时我刮胡子时从来不唱歌的。我讨厌刮胡子，所以这个时候的我一般是不会觉得开心的。按照我自己的喜好，我会留上一脸浓密的黑胡子。

每次我抱怨这些时，玛吉都会在一边笑着说："你怎么不去找一份挖煤之类的体力活来做呢？我觉得你挺合适的。"

我拥有一张干粗活的脸。没有人可以通过脸来辨别他的工作，对于这一点，我是坚信不疑的。我的面部线条很粗，人们看到都会以为我是户外体力劳动者，但是连我自己都想不起来上一次的户外劳动是在什么时候了。甚至是自己屋子周围的花园，我都从来没有动手整理过。

我继续刮着胡子，仍然小声地哼着歌儿。我非常开心——为什么不呢？我身边的一切，对于一个结婚二十年的男人来说都太美好了。

我往脸上涂了一些润肤水，把刮胡刀冲洗干净，开始整理头发。这是我最喜欢做的事情。我保持着一头浓密的头发，尽管在这五年时间里，它开始变得有些发白了。

我回到卧室里。发现里面没有人，床上摆放好了干净的衬衫、领带、内衣、袜子和西装。我心中暗暗一笑。玛吉一直掌控着我的穿衣打扮，从来不让我随心所欲。我喜欢那种对比强烈、色彩鲜艳的衣着搭配，可是她说这些和我的工作并不吻合。我必须看起来有威信，有内涵。

以前并不是这样的。在八九年前还不是这样的，那时候我随便披一件马甲上班也可以对付，但是现在的我已经不再是那个新闻广告员了，而是一名公共关系顾问。

老马配新鞍，我总觉得不太合适。这是我最近才发觉的。年薪从三万变成了三十万，办公室也不再像电话间一样，而是在麦迪逊大道上的一座新楼里。

但是，当我穿戴整齐后照着镜子看自己时，我不得不承认玛吉是对的。这个老男孩看上去还是那么结实。这身着装帮衬了我。它们让我面部那些过硬的线条变得柔和了许多，这让我看上去更加值得信赖。

我下楼来到餐桌旁，玛吉早已坐在那里，手里拿着一封信。我走到她边上亲吻着她的脸庞，说道："亲爱的，早安。"

我越过她的肩头瞥了一眼信件，看着熟悉的笔迹问道："布拉德?"当然，我是说小布拉德·罗恩。他正好在读大学一年级，已经到了每周写一封信而不是每天写一封信的年龄。

她点点头。

我在桌边自己的位置上坐了下来，手里端起一杯橘子汁问道："他在信里说了些什么?"

她仰起头，用那双明亮的灰黑色眼睛看着我说："他以平均分八十的成绩通过了考试，只有数学给他带来了一点小麻烦。"

我朝她咧嘴笑道："没事的。换作是我在上大学的话，那同样也是个大麻烦。"在我把橘子汁喝完的同时，女佣沙莉把肉和鸡蛋端了上来。

我很享受在清晨吃鸡蛋和洗澡。孩童时期的我无法奢求这种享受。我的父亲在纽约城里开出租车，一直做到现在，即使他今年已经六十四岁了。我们的生活从来没有富裕过。他唯一让我帮他做的事，就是为他购买一辆属于自己的出租车。在很多地方他都像个古怪的老头。母亲去世之后，他不愿意搬过来和我们住在一起。"让我离开第三大道上的高架铁路，那是我无法接受的。"他这样说道。

我知道，并不单单是因为这个原因。他是不想离开母亲。第三大道的那栋房子里，充满了母亲的气息。我们可以理解他，于是就由他去了。

"孩子还说了别的吗?"我问道。也不知道是为什么，我总觉得读大学的男孩给家里写信都是向家里要生活费的，不过布拉德从来没有提出过这样的要求，我心里还是挺失望的。

玛吉看着我，眼中流露出了不安的神情。她轻轻地用食指敲打着信说道："他在信的结尾说考完试之后感冒了，已经咳嗽了一个多星期，就是不好。"她的声音中带着担忧。

我给了她一个微笑，安慰道："不会有事的，写信叫他记得去看看医生。"

"他不会去的，布拉德，你了解这孩子的性格。"她反驳道。

我咀嚼着嘴里的食物："是的，所有的孩子都这样。还好只是感冒而已。他身子强壮着呢，很快就会好的。"

这个时候珍妮走了过来。她和以往一样很匆忙，问道："爸爸，你早餐吃完了吗？"

我看着她笑了笑。珍妮，我的女儿，家里她是最小的，很像她的母亲，被我们宠坏了。我问道："咖啡煮好了吗？我要喝一杯。"

她抗议道："不行！爸爸，我上学就要迟到了。"

我满脸爱意地看着她，对她说："整个早晨会有很多校车的，你不用等我。"

她把手靠在我肩膀上，吻了吻我的脸庞。这是一个十六岁女儿给父亲的吻，那种感觉非常特别。她说："可是爸爸，你知道的，我非常喜欢你送我去学校。"

虽然我知道她是在哄我，可我还是开心地笑了。我很喜欢这样的她："你喜欢叫我送你去学校是因为我会让你开车吧。"我逗着她说道。

"当然。还有哦，爸爸，因为我很喜欢你刚买的敞篷车。"虽然她嘴上和我针锋相对，但眼神里充满了笑意。

我看着玛吉。她也微笑着看我们。她知道女儿是在跟我撒娇。我装出一副很无奈的样子："真拿这个孩子没办法啊！"

那抹微笑依旧挂在玛吉的嘴边，她回答道："现在你想教育她可来不及了，你还是带她去上学吧。"

我把杯子里的咖啡一饮而尽，站起身来说道："那就这样吧。"

珍妮冲我开心地笑着，转身跑进了屋里，说道："爸爸，我现在就去给你拿帽子和外套。"

"今天晚上可以早点回家吗，布拉德？"

我转过身子面对玛吉说："现在还不清楚，我和克里斯估计要把那个钢铁工业协会的事情给解决了，放心，我会尽早回家的。"

她站起身来走到我身边。我低下头亲吻着她的脸颊，她的脸蛋是如此柔软光滑。她把嘴迎向了我，我也回应着她，亲吻她的嘴唇，享受着这可人的味道。

她面带笑意，温柔地说："不要让自己太辛苦了，先生。"

"放心吧，夫人。"我回答道。我听到屋外响起了喇叭声。应该是珍妮把车开出来了。我转身准备走出屋子。忽然间，我停住了脚步，回头看着玛吉。

她依旧在我身后微笑地看着我。

看着她的脸庞，我也笑着回应她，急促地说道："夫人，你相信吗？假如我现在年轻二十岁，我还是会和你结婚。"

第二章

走下人行道向汽车走去的时候，我感觉到十月正在悄然离开，心里不禁有些感触。这是一年里属于我的时间。有的人喜欢到处都是绿色，但是我个人更喜欢秋天的红色、棕色、金色。颜色影响着我的情绪。这些颜色能让我感觉到丰沛、温暖、充满活力。

我站在车旁看着珍妮。她冲着我微笑，我从她边上的座位上拿起外套，穿在身上，然后问道："你怎么把车顶篷打开了？"

她立马反驳道："可是爸爸，你要是把顶篷留在那里，那还叫敞篷车吗？"

我坐在她旁边说道："的确是这样的，宝贝。可是现在已经入秋了，夏天早就过去了。"

她没来得及回答，就给车挂上挡，冲上了车道。接着她故作正经地说着话，带着年轻人对待老年人常有的态度，平静地说道："不可以当一个唠叨鬼，爸爸。"

我看着她，不禁笑了起来。她正在享受开车的过程。当她把车从车道驶入街道时，我看到她吐了吐粉色的舌头。这是她每次拐弯时必做的动作。

随后她踩下了油门，我感觉到车正在加速。我看了一眼里程表。一个街区还没通过，指针已经到了四十英里①每小时，而且这个数字还在往上升，我忍不住提醒道："宝贝，油门别踩这么猛。"

她的视线从前方的路面收了回来，看了我一眼。不需要多说什么了，她这一瞥已经表达得够多了。我都觉得自己真的有些上年纪了。我有些内疚地闭上嘴，直视着前方。

过了一会儿，我觉得好些了。她是对的。如果车篷不打开，怎么能算是敞篷车呢？早秋的季节，露天行驶在乡间的小路上，抬起头就是蓝天白云，所有景色一览无余，这种感觉太美妙了。

她的问话打断了我的思绪："爸爸，你打算在结婚纪念日时送什么礼物给妈妈呢？"

我看了她一眼。她的视线依旧注视着马路。我一时间哑口无言，因为我还没有想过这个问题，所以只能坦白道："我也不知道。"

她侧身瞟了我一眼，用女人们谈论礼物时的语气问道："你不觉得应该早些做准备吗？只剩不到四个星期了。"

"你说得对，是该准备了。"我嚷嚷道，忽然灵光一闪："宝贝，你觉得爸爸应该买什么礼物，才能让你妈妈开心呢？"

她摇了摇头："这个我可不知道。这是你应该头疼的问题，我只

_____

① 1 英里约 1.6 公里。

是出于好奇，提醒你一下而已。"

我突然很想知道这个漂亮的小脑袋里到底在想些什么，便问道："你好奇什么呢？"

车子行驶到红绿灯前，她停下车看着我："没什么呀，"她冲我笑了笑，"我就是想到，以前的每一年，你都是在最后时刻才想起来，然后买了一束鲜花带回家。"

我感觉到我的脸上有些发烫。我没想到她这么小的年纪就能看到这么多。我支支吾吾地说道："我一直都不知道应该送点什么给她。"

她用好奇的目光注视着我的脸，问道："爸爸，你是一点想象力都没有的吗？"

我有些激动地说道："珍妮，不能这样随便下结论。爸爸平时工作很忙，不可能事事都考虑周全。更何况你妈妈她什么都不缺，我就更不知道该送什么给她了。"

红灯过了，她把车挂上挡，继续上路，然后接着说道："是的，爸爸，妈妈她拥有了她想要的一切：新冰箱、新炉子、新洗衣机。那你有没有想过给她个人送点什么呢？一些并不是很实用，但是她又很想要的东西？"

我开始感到绝望了，而她似乎有什么好主意，便问："那你觉得比如什么呢？"

她双眼注视前面的公路，很快地答道："嗯？比如说，一件貂皮大衣。"

我有些惊讶地看着她，不可思议地问道："你好像搞错了吧？她一直都说自己不喜欢貂皮大衣。"

她忽然嘲笑道："爸爸，你真的好笨呀。哪有女人不喜欢貂皮大衣的？她只是嘴上说说而已。讲真的，你这个人一点都不懂得浪漫，真不知道妈妈怎么看上你的。"

我不由得笑了笑。那一瞬间我很想问她是不是还以为自己是被鹳鸟带来这个世界的，可是你不可能这样和一个十六岁的女孩说话，尽管她是你的女儿。我严肃地说道："你是觉得，我应该送她一件貂皮大衣吗？"

她把车停在了学校对面的马路上，对我认真地点了点头。

我想了想，回答道："那就这样办吧！"

她侧过身子把车门关上："你这样还不算太糟，爸爸。"

我滑着方向盘，靠近她的脸一本正经地说："谢谢你，宝贝。"

她飞快地在我脸上吻了一下。"爸爸再见。"

十一点整，我来到办公室。我非常开心。唐跟我说他可以为玛吉制作一件特别的貂皮大衣。他从一个波斯人那里问到了玛吉的尺码，因为她去年在那儿定制过衣服。我相信他会做得完美。他必须好好干，毕竟买一件貂皮大衣要六千五百美元，这可不是天上掉下来的。

米琦抬起头看着我。"老板，你上哪儿去了？"她接过我的帽子和外套问道，"整个上午，保罗·雷米不停地从华盛顿打电话来找你。"

我走进了自己的办公室，她跟在我的身后。我回过头说道："上午逛商场去了，他有什么事吗？"

她回答道："他没和我说，就一直强调必须立刻和你通话。"

我坐到办公桌后面，对她说："我现在给他回电。"她离开时随手带上了房门，我心里思索着保罗要和我谈论什么事情。我希望他那边一切正常。不过，毕竟是和政治有关工作，不论你有多优秀，都有很多预料之外的事情发生——即使是保罗这种特别的总统助理。

我真的很感激他。如果不是他，我就不会有今天的成就。从某种意义上来说，他厥功至伟。这件事要追溯到战争初期。

那时候我被各个军种都拒绝了，最后被安排到军需部工作。这也是我第一次遇到保罗的地方。那时他负责管理清理战争剩余物资的部门。我被分配到他的办公室。

这是个老套的故事。我们两个人一见如故。他之前在西部，是一名非常成功的商人，转卖了自己所有的产业来到华盛顿。而我原本是某个图片公司的广告员，由于觉得那份工作没有什么前途，为了得到更多的机会而来到了华盛顿。

他兢兢业业，觉得我和他是一样的人。战争结束后，他把我叫到办公室里问道："布拉德，你今后有什么打算吗？"

我耸了耸肩，直言道："找一份工作吧。"

"你就没有想过自主创业吗？"他问道。

接着我又耸了耸肩，回答道："创业吗？那并不是想做就能做的，这需要大笔的启动资金，而我完全负担不起。"

他说："不需要你多少钱，你来当公司的公共关系顾问。我刚好认识一些对这方面感兴趣的商人，或许你们能达成业务合作。你只需要一个工作地点就可以开展业务了。"

我望着对面的保罗，在旁边的椅子上坐了下来，说道："这对我来说就像一个白日梦。你接着说吧，我想再听听。"

这便是开始。之后我拥有了属于自己的办公室，虽然只是个单间，而且雇用了秘书米琦。发展到现在，我的办公室数量多了起来，而且它们都非常宽敞，手下还有将近三十名员工。保罗有很多朋友，然后他的朋友们又有更多的朋友。

电话铃声响起，我接起来，里面传来米琦的声音："布拉德，是雷米先生的来电。"

我把电话转接过来，说道："你好呀，保罗，最近过得怎样？"

从电话里，我听到保罗那爽朗的笑声以及他常用的诅咒语。"事情都是那样的，不会好到哪里去的，布拉德。"他总是这么说。

我安慰道："老板，别灰心呀，这不是还不知道什么嘛。"

他又笑了笑，然后一本正经问道："布拉德，你可以帮我个忙吗？"

我回答道："保罗，你尽管吩咐，无论什么事都行。"

他说："还是伊迪丝做的那些慈善活动。"

伊迪丝是他的妻子，一个可爱的女人，只是她太热衷于华盛顿特区的那些社会活动了。以前我还帮她做过许多项目。这是一些你出于无奈才会去做的事，不过这是保罗的请求，我肯定会把事情办好。因为他为我做的事太多了。我立马回答他："放心吧，保罗，我会办好的。你告诉我什么事情吧。"

他回答道："我也不是很清楚，布拉德，伊迪丝让我打电话告诉你，今天下午会有一名叫霍腾斯·E.舒勒的女士来找你，她会告诉你详情。"

"没问题，保罗，"我回答道，记下了她的名字，"我会把事情都办好的。"

保罗接着补充道："还有一点，布拉德，伊迪丝让我和你说，对这个女孩要特别照顾一下。她说这很重要。"

伊迪丝喜欢用"女孩"这个词，我很欣赏这种叫法。伊迪丝已经五十几岁了，所以她身边的所有女性朋友都被她称为女孩。我说道："转告伊迪丝，让她放心吧，我会好好招待那个女孩的。"

他听后大笑起来。"太感谢你了，布拉德。你不知道，这件事情对伊迪丝真的太重要了。"

我回答道："我知道了，你尽管放心，保罗。"

我们接着又聊了半天才挂电话。我看着纸上记下的那个名字——霍腾斯·E.舒勒。华盛顿所有的女人似乎都叫这样的名字，而且这些女人看上去也都那样。我按下了按钮。

米琦来到办公室，她的手中拿着纸和笔。我说："现在开始工作吧，早上浪费太多时间了。"

第三章

下午四点三十分，克里斯和我正在预算钢铁工业项目的成本，耳边传来了内线电话的铃声，我赶紧走到桌旁，按下按钮。

我有些恼火："米琦，别把电话接进来，刚刚我和你说过了。"我关掉接收开关，走回墙板处："克里斯，你接着说具体数字。"

他戴着一副大号的金丝边眼镜，镜框后面淡蓝色的双眼微微发着光。他看上去一脸的幸福。每当谈论到钱的问题时，他看上去就是满脸的幸福。"每周四百页的文案，需要五十一万五千美元。我们可以收取百分之十五的编排费，也就是七万七千美元。艺术工作、稿件费、包装费加起来每周是一千美元，算下来一年是五万两千美元……"他带着浓重的鼻音精确地计算着。

我有些激动地打断了他："太棒了！太棒了！不过我们可以应付吗？我可不想在最后发现自己犯了去年在梅森那件事上的错误。"

他冷静地看了看我。我之前做了一单三万五千美元的业务，付出了六万美元的代价。他冷笑地说道："这正是你花钱雇我的原因，这样你就不会再犯那种错误了。"

我点头问道："需要多少钱？"

他说："每周需要花费你四百美元，如果成功了，我们就会得到十万零八千美元。"

我对着他笑了笑，拍拍他的肩膀："好伙计，现在我们再来看看计划。"

他的脸上露出一丝微笑，转身走到墙板处，那儿放着许多广告牌。硬纸板上面整齐地贴了十张广告。

我听到身后传来开门声，我转过身看到米琦向我走来。"我不是说过了不准打扰我的吗？"我厉声说道。

"舒勒夫人要见你，布拉德。"她很平静地说。她已经习惯了我的坏脾气。

我茫然地盯着她："舒勒夫人？我没听说过这个人啊。"

米琦低头看着手中的名片，念着上面的名字，并且把卡片递给了我。"霍腾斯·E.舒勒。她说她已经和你约好了。"

我接过卡片看了一眼，卡片很简单，只写了一个名字。我对这个名字没有任何印象，便把名片递还给她说道："我没有任何预约，下午我要和克里斯谈论工作，客人一概不见。"

米琦有些惊讶地接过名片问道："那我怎么回答她呢？"

我把身子转向了墙板："随便你，怎么说都可以，就说我不在，或者在开会。只要让她离开就行。我必须把现在的事忙完。"

米琦在我后面继续说道："她说，如果你太过忙碌而不想见，她是可以理解的。不过她明天下午就要回华盛顿了，问你什么时候方便可以和她见上一面。"

这时候我才想起来，她是伊迪丝·雷米提的那个"女孩"。我赶紧转过身问米琦："你怎么不早点说？"这是保罗上午托我办的事啊，我必须得去见她，我这样想着。"你让她再稍微等一会儿。替我向她说声抱歉，我把这里的事处理一下就过来。"米琦眼里的惊讶不见了，似乎还松了一口气。她转过身离开了办公室，临走前说了句："好的，老板。"

我看着克里斯，有些厌烦地说道："那就这样吧，等明天上午再谈论剩下的问题。"

"这样的话你就没有足够的时间去了解这个计划了，明天下午你和马特·布拉迪以及其他委员约好了见面呢。"

我朝着办公桌走去，回头接着说道："我也不想这样，克里斯，如果真没办法了就随机应变吧，就像我们上次一样。"

他站在桌子前面，一脸不赞同的表情说道："你也知道，那些家伙都不是什么省油的灯。"

我坐下来看着他："你放心，克里斯，他们也是人，对吧。他们也和我们一样，对钱、女人和美酒感兴趣。他们没有比别人多长一双翅膀。你搞清楚了对方的兴趣爱好，任何人都好对付。只要把他们当成普通人一样对待就好了。我们也能用这样的方法拿到这个项目。很简单的。"

看着克里斯摇头，我没有去理会，随后按下了内部电话的按钮。我心里冷笑，可怜的克里斯，他还是那样不开窍，总以为生意单纯就是生意，没有别的东西。我依稀记得他第一次听说我为一个客户找了个女人的时候，他害羞得满脸通红，简直要把他那白色衬衫都给映红了。我对着送话器讲道："米琦，把那个烦人的老女人带进来。"

我听到对面传来一阵吸气声，接着米琦带着疑惑的语气问我："布拉德，你在说什么？"

我有些不耐烦了。"我说把那个烦人的老女人带进来。你今天是怎么了？耳朵出问题了？"

她忍不住笑着低声道："我猜你以前没有见过她吧？"

我立马说道："是的，以前没见过，以后也不想再见。"

她笑出了声，接着说道："我想你会改变主意的。除非你告诉别人，你对女人再也不感兴趣了，否则我是不会相信你说的话的。"

电话挂断了，我又看向克里斯说道："她乱说的。"

他无奈地笑了笑，随即走了出去。当他准备开门时，门被推开了。他迅速地往后边躲了一下，没有撞在门上。

这时我听到米琦说话。"里面请，舒勒夫人。"

她们进门的时候，我站起身来。我看见克里斯脸上出现了一种我从未见过的神情，而他的目光正盯着门外。

她走进来了，我终于明白克里斯那奇怪的神情是怎么来的了。原来这小子脑子里除了钱，还有别的东西。

　　我想我脸上的表情已经出卖了我，米琦是对的，她偷笑着关上了门，然后离开了。

　　我绕过桌子向她走去，步伐竟有些不自然，我伸出手："你好，舒勒夫人，我是布拉德·罗恩。"

　　她微笑地看着我，然后握了握我的手。她用悦耳的声音轻声说："很高兴见到您，罗恩先生，伊迪丝经常和我提起您。"

　　我暗自打量着她，在这之前我遇到过很多女人，非常之多。我曾经在一家电影公司工作过，那里美女如云。我都是因为工作需要才和她们打交道，从来没有失态过，对于她们，我可以招之则来，挥之则去。但是我面前这一位完全不同。

　　她是一位非常有气质的女性。她是股票市场上的蓝筹股；她是花店橱柜里高贵优雅的白玉兰；她是罗杰斯和哈默斯坦共同创作的美妙歌曲；她是夏日清晨的阳光；她是清香的绿色大地；她是浓香四溢的波尔多红葡萄酒；她是比利·爱克斯丁为爱而唱的赞美诗。

　　她棕色的秀发浓密飘逸，前短后长，刚到肩膀的位置。她那双深蓝色的瞳孔蓝得发紫，让人不自觉地想潜进去。她的脸型微圆，颧骨微高，唇部线条柔美秀丽，下巴圆润饱满，鼻梁挺拔高耸，一口洁白的牙齿非常整齐且自然。

　　我吸了口气，收了收腹。这一瞬间我很懊悔去年夏天没有多打几次网球或者高尔夫球，那样现在也不至于无法遮掩那尴尬的啤酒肚了。我笑着给她拉了一把椅子，说道："叫我布拉德就好，请坐。"

　　她坐到椅子上，而我的头还是有些晕。我慌忙回到办公桌后面，调整了一下状态。

　　我看着她。她脱下手套，手指纤细修长，指甲上面涂了淡珊瑚色的指甲油。她的左手戴着一枚大钻戒，没有其他戒指。

我不自然地说："保罗和我说过您会来，只是我没想到会来得这么快。有什么需要我帮忙的吗，舒勒夫人？"

她微微一笑，我觉得整个屋子都被她感染了。她说："叫我伊莱恩。"

我生硬地重复道："伊……莱恩。"

她又笑了，是那样的亲切。"我一直都不喜欢霍腾斯这个名字。我不接受妈妈给我起的这个名字。"

我咧着嘴笑道："这个我可以理解。我的教名是伯纳德。他们都叫我伯尔尼。"

她拿出一只金色的扁盒子，从里面抽出了一支香烟，我热情地走过去为她点烟。她深吸了一口烟，然后优雅地吐了出来。

我回到椅子边上坐了下来，心里似乎在挣扎着什么，我自己也搞不清楚。

她看向我时，双眼睁得特别大，她温柔地笑道："伊迪丝让我来找你，她说——这个世界上只有你能帮助我。"

我跟着她一起笑了起来。我觉得好多了，重新找回了自制力。我终于可以理解了。我弄错了，这都是惯性思维造成的。我再一次打量她，生怕自己看错了。我一直以为伊迪丝提到的"女孩"不过就是她的翻版罢了。我问道："怎么帮助您？"

她满脸期待地望着我说："我被提名为我们当地救助脊髓灰质炎患者委员会的主席，我需要你帮我策划一场有效的活动。"

我感到一种强烈的愤世嫉俗的情绪侵入我的骨髓。抛开长相，她不过是伊迪丝身边的一个女孩。对她来说，唯一重要的无非是借机登上报纸，搞点名气。这让我感到很失望。

我不明白自己为什么会想到这些，可我偏偏就想到了。这些社交界的女士都是一个样，无论她们有没有气质。她们像极了渴望出风头的贵妇，需要大量的剪报来满足她们。我站了起来。

我无礼地说道："很高兴能为您服务，舒勒夫人，您只需要给我的秘书留下您的姓名和地址，然后把您的组织或者您参加的活动告知她，我们就会给您进行宣传和报道的。"

她有些惊讶地看着我，对于我用这样的方式来结束谈话感到非常疑惑。她不解地问道："布拉德先生，您只能做到这些吗？"

我很恼火地看着她。对于这些身穿貂皮大衣参加委员会会议的贵妇，我已经感到厌恶了。我刻薄地说道："这不就是您想要的吗？舒勒夫人，无论如何，我们都无法就掠取多少报纸版面的空间而给您做一个书面保证，但是我们可以争取一部分。这难道不是您来这里的目的吗？"

她的嘴巴瞬间合上了，眼神变得冰冷。她一声不吭地站了起来，在椅子边上的烟灰缸里掐灭了手中的香烟，接着拿起椅子上的手袋转过身面朝着我，我看到她的脸色如同她的眼神一样冰冷。她低声道："罗恩先生，您误会了。我从来没想过争取关于我个人的宣传，这种东西我已经够多了。我来见你的唯一原因是想为明年一月的救助脊髓灰质患者的活动研究一个实际有效的方案。我接受这份工作的唯一理由就是，我明白这是一种可怕的疾病，这种疾病对于一个家庭来说是毁灭性的，而我不想让任何一个妻子或者母亲再去承受我的痛苦。"说完她转身朝门外走去。

我有些疑惑地看着她。一看到她那苍白而愤怒的侧脸，我突然想起来了。我脱口而出喊了她的名字。"戴维·E.舒勒的夫人！"现在我总算想起整个故事了。我暗骂自己愚蠢。去年的报纸上全是关于她的报道。脊髓灰质炎夺走了她的双胞胎孩子和她丈夫的生命。

就在她准备离开时，我拦下了她。我用身体堵住了门。她抬头看着我。我可以看到她眼中那愤怒的泪水。

我后悔不已地说道："舒勒夫人，我是整个纽约第三大道上最自以为是、最愚蠢的大傻瓜，请求您的原谅，我真的感到很惭愧。"

过了一会儿，她注视着我，深吸一口气，然后安静地走回椅子边上坐了下来。她再次取出那只金色的烟盒，我看到她取香烟的手指在微微颤抖。我为她划了根火柴。

金色的火光在她脸上闪耀。我说道："我感到很抱歉，刚刚我以为您也是一个爱慕虚荣的女人。"

我与她四目相对，我看到淡蓝色的烟雾在她脸颊边上缭绕。一瞬间，周围的一切都消失不见了，剩下的只有她那深邃的蓝色眼眸。而我也同时迷失在了她悲伤的眼眸里。我在和自己做斗争，阻止自己想搂她在怀里、带走她所有苦难的冲动。谁都没有这个权力。

她依旧那么轻柔地说道："布拉德，如果你真心愿意帮我，我就原谅你。"

第四章

电话铃再次响起，是克里斯打来的。"会计已经把上个月的净利润核对好了。"他说。

我看了一眼伊莱恩，笑着说道："不好意思，有些工作上的事要处理一下。"

她点了点头："好的。"

克里斯用沉闷的嗓音说道："税前利润两万一，税后九千。"

我说："很好，继续说。"

他带着轻微嘲讽地语气问道："你现在有空吗？"

我冷冷地回答道："有时间，你尽管说。"

他接着报告起一堆繁杂的资产损益表上面的数据。这些东西对我没有丝毫吸引力。我在看着她。

她站起身离开了座位，走到墙边观察起了钢铁工业协会广告的规划图。我欣赏她走路的样子、她驻足观望的样子、她低着头研究规划图的样子。她应该也注意到了我在观察她，忽然转过身朝我微微一笑。

我也向她报以微笑，她又走回椅子边坐了下来。克里斯总算讲完了，我赶忙挂断电话说道："抱歉，让您久等了。"

"没关系，我能理解，"她仍然盯着墙板上边的图纸，"这些广告看上去就很不寻常，并没有具体地去促销某些东西，而是宣传它们的作用。"

我说："这就是他们的目的，这是我们帮美国钢铁工业协会策划的一场特别活动中的一部分。"

她问道："嗯，机构公共关系运动吗？"

"您怎么会知道这些？"

她说："这两个星期，这些东西塞满了我的耳朵。"我疑惑地看着她，于是她解释道："我的叔叔马特·布拉迪是钢铁联盟董事会的主席。我刚在他家里住了两个星期。"

我不禁吸了口气。马特·布拉迪是最后一个老牌钢铁巨人，满脑子都想着敛财。他狡猾、冷酷、无情。听他们说，如果我们想把这事办好，就得把这个难缠的家伙给伺候舒服了才行。他就是那个让克里斯恐惧的人。

她笑了笑，问道："你的表情有些奇怪。你在想什么呢？"

我在她的眼神中寻找了一会儿，决定和她坦诚相待。"我只是在想，善良的命运之神依然眷顾着我。就在刚才，我差点把您赶了出去，而您的叔叔是马特·布拉迪。我差点就毁了自己在钢铁业务方面的所有努力。"

她脸上的笑容逐渐消失，接着问道："你觉得我是那种仗着他是我叔叔就为所欲为的人吗？"

我慌乱地摇了摇头："啊，不是，您不会，但是您的叔叔可能会不高兴。如果我是马特·布拉迪，谁都不敢这样对待您。"

她的脸上重新恢复了笑意，她说："你一点都不了解我叔叔，一旦涉及生意上的事务，私人关系对他来说可以完全忽略。"

"我也听说过这些。"我回答道。其实我听到的话比这还要糟糕，但是我并没有对她说。

她接着又加了一句："不过他为人还是很好的，我挺喜欢他。"

我心里暗暗地笑了。把马特·布拉迪当成好人？这太困难了。在上一次的经济危机中，他鼓励所有小型的钢铁公司联合起来反对贸易壁垒，接着又花了极小的代价将它们收购。只有上帝才知道有多少人因为上了他的当而面临破产。

我低头看着手中的笔记："不提他了，还是说说我们的事情吧。这些运动的问题在于，公众对那些不幸的故事已经麻木了，他们不愿意再听了。不过我觉得只要你勇敢地坚持下去，我们就有希望成功。"

她咬了咬牙回答道："我可以做任何事。"

我说："好样的，接下来我们要组织报社、电视台来对你进行采访报道，你只需要把你的故事讲给他们听。记住，要简单、个人化。"

我看到她的眼中掠过一丝阴霾。这是我见过的最痛苦的面容。情急之下，我抓住了她的手，她并没有推开。"你不是非做不可，还有其他方法。我们会有别的方法的。"我赶紧说道，想要帮她带走那份伤痛。

她轻轻地抽出了双手，叠放在膝盖上，然后目光坚定地对我说："就这么做。你说得对，这是最有效的方法。"

她很勇敢，真的很勇敢。马特·布拉迪有这样的侄女应该感到很骄傲吧。"你很棒！"我说。

这时电话铃声响起，我按下按钮问道："什么事？"

对面传来米琦的声音，她平静地说道："老板，已经六点半了，我今晚有个重要的约会。你有事需要我留下来吗？"

我看了看表，心里咒骂了下。我没注意到已经这么晚了，我和她说道："你可以先走，米琦，我来收拾。"

她说："谢谢老板。你可以把十美元的钞票放在我的桌上，晚安。"

我把电话挂了，看向伊莱恩。她对着我微笑。

她说："布拉德，我不是故意耽误你这么多时间的。"

我学着说道："我也不是故意耽误你这么多时间的。"

"不过你不能赶回家吃饭了，而我的时间都是属于自己的。"她这样说着。

"我想玛吉不会生气的，她已经习惯了。"我快速地回答着。

她起身拿起边上的手袋，从里面取出一支细长的口红，开始补妆。"无论如何，我还是现在就离开吧。"

我看着她，心里不愿她就这样离开。"可是这些事我们还没谈完，而你明天就要回华盛顿了。"

她从镜子里看了我一眼，收起口红，检查自己的唇线。"没事，下个星期我还会再来，到时候我们再谈。"

"与其到时候回来再谈，不如现在把事谈妥当比较好。"我说。

她盯着我，心里不知道在想什么，然后问道："那你现在有什么建议吗？"

我对自己这样的行为感到惊讶。我快速地回答她："我们可以找个地方共进晚餐，前提是你没有别的安排。这样我们回来就可以继续探讨。"

过了一会儿，她似乎猜透了我的想法，然后不自觉得摇着头说："我想最好别这样，占用你晚上的时间是很不妥的，况且今天已经打扰你很久了。"

我走上前帮她披上毛皮大衣。

我略感失望地说道:"好吧,那一起喝一杯总可以吧?"

她转过身正视着我:"你想做什么,布拉德?"

我假装惊讶地说:"我什么都不想。难道请一位女士喝一杯就一定另有所图吗?"

她脸上的笑意早就消失了。"不一定。但是在我的印象中,你不像是那种到处在女人身上花心思、请她们喝一杯的男人。"

我觉得脸上有些发烫。"是的,我不是。"

她看着我的脸,似乎想读懂我的心思。"那你为什么会选择我?"

现在的我就像是一个小男孩在邀请一个小女孩,却被她断然拒绝了,这让我感到很难堪。我总算说了一个听上去很不错的借口。"因为你刚进来时我误解你了,我的态度非常恶劣,我得向你赔罪。"

她脸上的神情松懈了下来,然后平静地说道:"不用了,你不需要这么做,布拉德,你已经向我道过歉了。"

我没有说话。

她向我伸出了手。"晚安,布拉德,感谢你。"

我握住了她的手。她的手很轻很光滑。我低头看了看,那珊瑚色的指甲油依旧发着光。我笑着说道:"晚安,伊莱恩。"

她说:"我星期一回来,到时候我们再聚一下,要是你有空的话。"

我依旧握着她的手,我感觉到我太阳穴两边的青筋都在暴躁地跳动着。"随时欢迎。"

她看着被我一直握住的手,然后轻轻抽了回去。我看到她的脸红了。她转身朝着门外走去。

我在背后朝她喊道:"如果你抵达的时间还早,我们一起共进午餐吧。"

她停住了脚步，回头看着我："去哪里？"

我的手撑在背后的桌子上说道："一点钟的时候来这儿跟我碰头。"

她依旧面无表情地说道："那就这样。"

我看到她把门带上，便走回自己的办公椅坐下来。我注视着房门。空气中还弥漫着她身上的香水味，我深吸了口气，气味消失了。我拿起电话给玛吉打过去，告诉她我八点回家吃晚饭。

回家的路上我一直在想着她。我对自己的这种行为很生气，我到底怎么了？她并不是我生命里见过的最美丽的女人，也不是最性感的女人。她并不是那种人。

晚饭时我把伊莱恩的事告诉了玛吉，以及她在办公室时我对她的态度。

玛吉还是一如既往专心听我讲完，然后轻轻地叹着气。

我马上问道："怎么叹气了？"

她慢悠悠地说："可怜的女人，不幸的女人。"

我看着她，她的话就像在漆黑的屋子里点燃了一根蜡烛，让我能把里面的东西都看清楚。就是这样的，她一下就说到了点子上。伊莱恩·舒勒对我来说不算什么，我会有那些感觉都是因为我同情她的遭遇。

我觉得自己好受多了，又重新回归了自我。这一定就是原因，等我上床睡觉的时候，我对自己的想法已深信不疑。

可是当她在星期一走进我办公室的那一瞬间，我就知道我错了。

第五章

星期一早上来到办公室时，我已经完全恢复了。我把所有的事都计划好了。我会和她共进午餐，面对她时我会文质彬彬，乐于助人，这才是我应该做的。

我坐在办公室里，微笑着翻看早晨的邮件。我差点因为这件事失去了理智。我应该明智一点。我早就经历过那些事，四十三岁的我早已过了冲动的年纪。

每个男人的一生中，都会有一个女人特别重要的阶段，不论是出于性还是爱情。但那肯定是你年轻的时候，而不是在四十三岁的时候。四十三岁的你有很多其他的事情要去考虑。这就是成长中的一部分，我几乎在我熟知的每个年轻的小伙子身上都看到过。而对于四十三岁的人来说，性和爱都会占用太多的精力，感情和身体上的消耗实在吃不消。你必须把那些精力用到别的地方。比如说，事业。

我记得有人说过，事业对美国人来说就是性的替代品。男人随着年龄的增长，性欲也慢慢地降低，他就会想在别的领域证明自己。工作就是一个明智的选择。这也是为什么会有那么多男人把工作当成情人的原因，同时也是他们的妻子不开心的原因。但是这些都是婚姻危机的信号。这对我来说意义重大。一个男人的精力是有限的，而我知道自己的极限在哪里，这就是我聪明的地方。而且，她是马特·布拉迪的侄女，我没有理由给自己添麻烦。

时钟在一点时敲响了，我差点就忘了午餐的约定。整个上午都非常忙碌，而我造就了一个十分苛刻的情人。电话铃声响起，我非常不耐烦地接通了。

对面传来了几个字："舒勒夫人到了。"

我深吸了一口气，那种兴奋的感觉冲击着我，我站起身来说道："请她进来。"

我是个聪明人，心中早已计划好了。就在刚才我脑子里还没有想到她，因为在那时她并不重要，可是现在她非常重要。

在我等待她进门时，我意识到自己再也等不下去了，我想要冲上去亲自为她开门。我赶忙起身准备走过去，却看到她已经推门进来了。

本来我觉得这一切不会有第二次。它不应该再次发生。第一次见到她的那种感觉这次不该再有。现在我知道她是什么样的人了，我提醒着自己。可是我发现我又错了。

她向我微微一笑，我竟有些说不出话来。她低沉而温柔地说道："你好，布拉德。"

我迟疑了一下，接着上前去握住她的手，她的手冰凉且柔软，却让我感觉异常燥热。"伊莱恩，我很高兴你能来。"

她笑了笑，说了几句无关紧要的话，就在她抬头看我的脸时，她的眼中闪过一丝阴霾，那些话便如鲠在喉，再也说不出一句，双眼也不再看着我的脸。

她抽出了手，如私语般小声说道："对不起，布拉德，我不可以和你一起吃午饭了。"

"怎么会这样？"我脱口而出。

她依旧没有看我的脸。"我想起来之前已经订好了一个约会，我这次只是顺路过来给你道个歉。"

我注视着她。她那惹人怜爱的身影印刻在我内心深处。她的话如同冬天里的寒风驱散了我所有的期待。我生气地指责道："你在和我开玩笑！"

她没有理我。

我朝着她走近了一步，粗鲁地说道："如果你有别的约会，你完全可以打电话跟我说，不用亲自过来。外面到处都是电话。"

她转身朝外面走去，慢慢地远离了我。一股愤怒且无奈的情绪堆积在我的胸口。我伸手触碰她的肩膀，抓住她扭过身来向着我，我注视着她的双眼，质问道："你在对我说谎，为什么要这样做？"

我看到她的眼中有些湿润，闪烁着亮光。她小声地说着："布拉德，我没有撒谎。"

我没有理会她对谎言的否认，依旧粗鲁地问道："你在害怕，伊莱恩？"

我瞬间觉得她在我的手中有些崩溃了，似乎她的力气一下子都耗尽了。泪水从她的眼眶中止不住地涌出来。她低声道："我要离开，布拉德，我的麻烦已经够多的了。"

她的轻声细语如同一盆冷水从我头顶泼落，浇灭了我所有的怒火。我把手放开，朝着桌旁走去。我跌坐回椅子上。过了一会儿，我看着她说道："伊莱恩，如果你想离开的话，你就去吧。"

她回头看了我一眼，有些犹豫了。"很抱歉，布拉德。"

这次我没有回答。

我看着她把门关上，然后盯着桌子发呆。她是对的，这是毋庸置疑的。我这是在给自己没事找事。她不是那种你可以随便和她过一夜，第二天就丢弃的女人。她是一个不同寻常的女人，得到她的办法只能是永远拥有她。

我抽出一支烟叼在嘴上，点燃了它。也许现在才是最好的结果。四十三岁的人早已过了做梦的年纪。

不知不觉一天就要过去了，五点时，电话铃突然响起，我心里除了一种隐隐的疼痛之外，已经没有别的感觉了。我接起了电话。

米琦说道："保罗·雷米的电话，老板。"

我把电话转接进来，问道："保罗，你好吗？"

"我很好，布拉德，今晚有空一起吃个饭吗？"他说。

我惊讶地回答道："当然了，天啊，你现在在哪儿？"

我的惊讶声逗乐了他，他大笑道："我在城里，我必须和老板搞好关系。伊迪丝和我一起来买些东西。我忽然想到个好主意，给你打电话约你一起吃个饭。虽然现在时间早了些，可是我九点就得坐班机回去了。"

我尽可能让自己的声音听上去真诚一些，回答道："太棒了，我们六点在二十一酒店碰面吧，我们有足够的时间一起用餐，然后我再送你们去机场。"

他回答道："就这样，那回头见。"

挂断电话，我朝着窗外看去。天色暗了，夏日过后天黑得非常快。我感到很疲惫。我现在很想回家上床睡觉，睡梦可以把我心中那模糊不清的失落感都带走。可是现在我还有事要做。

我拿起电话打到家里，玛吉很快接通了电话。我说："亲爱的，今晚我不回家吃饭了，保罗过来了，我必须陪他吃饭。你要过来和我们一起用餐吗？"

她回答道："我就不去了，我要和珍妮一起吃晚饭，你早点回家。祝你们用餐愉快。"

我答道："亲爱的，我会早点回家的，再见。"

我回到办公桌前继续阅读钢铁工业协会的宣传材料，签好字后把它送到了克里斯的办公室。我离开时已经快六点了。

傍晚的空气非常凉爽。距离目的地有几个街区，我深呼吸了一下，决定步行过去。我沿着麦迪逊大道走到五十二街，然后进了那家餐厅。

在我寄存帽子的时候，侍应生走过来说："罗恩先生，雷米先生在里面等您。我给您带路。"

我一进去，保罗就站了起来。伊迪丝坐在他的右侧。我热情地和保罗握手，接着转头微微一笑。"伊迪丝，这个惊喜真是太美妙了，如果你没让我们知道你来了，玛吉肯定会失望的。"

她回以微笑，说道："没想到吧？布拉德，见到你很开心。"

"我也很高兴，你真是越来越年轻了。"我一边说着一边坐下来。

她笑着说："布拉德还是这么会说话。"

我了解她，她很享受这种恭维的话。

我看到边上还准备了第四个位置，就带着疑惑问保罗："还有别的人吗？"

他正要回答时，伊迪丝制止了他。"一会儿再说吧，"她说，"她到了。"

我看到保罗站了起来，目光向我的身后望去。我也跟着站了起来，同时转过身去。

我觉得我们俩应该是在同一瞬间看到了对方。她的眼中闪过一点亮光，随即消失了。她似乎踌躇了一会儿，才朝我们走来。

她伸出手非常礼貌地说道："罗恩先生，很高兴再次见到您。"

我握住了她的手，感觉到她的手指在我的手中轻微地颤动着。我帮她把座椅拉出，邀请她坐了下来。伊迪丝微笑道："布拉德，伊莱恩和我共进午餐，陪我逛街购物，她非常时尚。我们几乎把纽约商场里一半的商品都买回来了。"

保罗开玩笑说："亲爱的，但愿你还为我留下了吃这顿晚饭的钱。"

伊迪丝和他说了些什么，此时我已经什么都听不清了。我无法辨别周围的墙壁是否已经崩塌。我的双眼注视着伊莱恩，她的目光涣散，神情中带着悲伤和痛苦。她的双唇鲜艳撩人，略带柔情。我的心里有个渴望的念想：如果能亲吻她的红唇，那简直太美妙了。

第六章

八点的时候，我们边喝咖啡边聊天，侍应生走到我跟前对我说："罗恩先生，您的车在外面停好了。"

我答道:"谢谢。"离开公司的时候我提前通知了车库,让他们八点前把车开到这来。我对着身边的人说道:"现在就走吗?"

保罗回答道:"嗯,走吧。"

伊迪丝拿出粉饼,抓住最后一点时间扑粉补妆,我看向了伊莱恩。

我问道:"能和我们一起去机场吗?"

她摇了摇头回答道:"我今天有点累,还是回去好了。很感谢您,罗恩先生。"

"伊莱恩,一起去吧,"伊迪丝说,"十点之前布拉德会把你送回旅馆的。多在外面呼吸一下新鲜的空气对你有好处。"

伊莱恩看了看我,犹豫着。

我顺势点头说道:"是的,十点前我们就返回。"

她微微一笑:"那好吧,我和你们一起去。"

汽车行驶在去机场的路上,我和保罗坐在前排,两位女士坐在后排。我时不时偷瞄后视镜,发现她也在看着我。每次对视后她都迅速地把视线移开。而当我再次看后视镜时,又和她对视了。

我和保罗讲述着钢铁项目预算中的难题,他对我说着华盛顿最近流传的一些消息。车速很快,九点十分我们来到了机场,我把车子停好。我们互相在检票口道别,我表示会告诉玛吉明天记得给伊迪丝打电话。保罗和伊迪丝进检票口后,我带着伊莱恩回到了车里。

我们都很安静。我下意识地为她开车门,等她上车后,我关上车门走到车的另一边,开门上车,坐在了驾驶位上。我伸出手准备打开发动机的开关,她用手拉住了我。

她说道:"等他们起飞后我们再离开。"

我靠在座椅上注视着她。她透过车窗看着外面的飞机,脸上带着孤独的表情。

我下意识地问道："有什么事吗？"

她摇摇头回答道："没有，我就是想看着他们安全起飞。"

"你很在乎他们？"我说。这与其说是一个问句，不如说是一个陈述。

她点着头说道："我爱他们，如果不是伊迪丝和保罗，我不知道怎么从那件事的打击中走出来。"

我点了一支烟。飞机起飞了。我们沉默不语，直到飞机消失在黑夜之中她才转过身，打破了沉默。

她的嘴角带着微笑。"我们走吧。"

我没有启动车子。黑暗中我透过烟头发出的亮光注视着她的脸。她的皮肤是浅浅的奶油色，她深邃的眼眸中闪烁着耀眼的光芒。

她看到我也在笑着，微笑在她嘴角消失了。她低声说道："我没想到能再次见到你。"

我说道："我也没想到能再见到你。你不想见到我，对吗？"

她思考了一会儿，说道："布拉德，这是没有答案的，我不清楚自己心里有什么感觉。"

我信心满满地说道："可是我知道我的感觉。"

她快速回答道："我们不一样的，你是个男人。你对任何事的感觉都会和我不一样。对于男人来说重要的东西，对女人来说并不重要。"

我问道："是吗？"我把烟头丢出窗外，用手搂着她的双肩，将她揽在怀里。我亲吻着她。

她的唇没有动静，但也不是一动不动；她的唇不是冰冷的，但也不是温暖的；她的唇没有回应我，但我能感受到其中的爱意。

我停止了亲吻，看着她的脸。她也在看着我，眼睛睁得特别大。

我说道："在第一次见到你的那一刻，我就想这样亲吻你。"

她挪动身子坐到了车的另一边，抽出了一支香烟，我像之前一样为她点烟。她深吸了一口烟，头往后倾斜着靠在靠垫上。她不再盯着我看。"戴维还在的时候，我从来没有看过别的男人一眼，他也一样全心全意对我。"

我看着她的眼睛，从她的眼神中我看得出她心事重重。我沉默无言。

她沉浸在回忆中，继续说："战争发生时，我们分开了很长一段时间。那时候你也在华盛顿，应该知道当时的情况。所有人只知道寻欢作乐，对任何事都毫不关心。那时候我觉得整个城市都很肮脏。"

我依旧安静地看着她。

"现在还是这样。"她慢慢地说。她直视着我，努力装出一副淡然的样子。

我淡定地和她对视着。我们的目光相遇后就这样陷入僵持和斗争之中。"你还爱着你的丈夫吗？"我问。

为了逃避我的目光，她把睫毛垂了下来，遮挡住她的双眼。她用压抑着悲伤和颤抖的声音说道："戴维已经过世了，这样问不公平。"

"可是你还活着，"我残酷地指出，"你是一个成熟的女性，你不再是一个小孩，你有需求……"

她突然打断了我的话说道："男人？性？你觉得这些重要吗？"

我回答道："爱当然重要，每个人都想要爱与被爱。"

她的双眸重新和我对视，带着疑惑问道："你的意思是你爱上我了吗？"

我思虑了一下，慢慢回答道："我也不清楚，也许是，但是我自己也说不准。"

她问道："那你现在是要告诉我什么，布拉德？你为什么要欺骗我，要欺骗你自己？你为什么不能实话实说？"

我低头看着自己的双手，不敢再直视她的眼睛。我说："我只知道我现在要你。"她沉默不语。我再次抬头时，发现她没有把烟头掐灭，任由它在指尖燃烧。我握住她的手说道："在我第一次见到你的那一瞬间，我就想要你。我无法解释这份感情究竟是如何产生的。但是我能确定的是，我想要得到你，我有生以来从未有过这样强烈的想法。"

她的脸上毫无表情，平静地说道："布拉德。"

我俯身亲吻着她。这一次，她的双唇开始回应我，不再是那么冷冰冰的，而是柔滑的、香甜的，还在持续颤动着。我张开双臂拥抱她，把她彻底拥入我的怀中，我们亲吻着，一直到喘不过气来。

她越过后面的座椅，把身子靠在我身上。她温柔地看着我，眼中充满着爱意对我说："布拉德。"

我又亲吻了她一下。"怎么了，伊莱恩？"

她的嘴唇在我的唇下轻轻地颤抖着，对我说："布拉德，我们不能和别人一样。你不要做让自己后悔的事情。"

我赶紧说："到现在为止，一直谈论的都是我。那你呢？你要什么？"

她淡然地回答道："布拉德，我们不一样，我需要的都是没什么大不了的东西，而你需要付出的代价就大多了。"

我没有回应她，因为我无言以对。

她再次凝视着我："布拉德，你觉得你的妻子如何？你爱她吗？"

我毫不迟疑地说："当然爱。"这些话在车内不协调地回荡着，我继续补充道，"如果我们不在乎彼此，我们的婚姻也不可能维持到现在。"

她没有任何怨言，平心静气地问道："布拉德，那你为什么现在会想要我？厌倦了？想要新鲜感？寻找新的刺激？"

我注视着她："你这样问不公平，我说过，我不知道。我不知道是什么东西使一个男人和一个女人燃起爱情的火花。我从未因为女人的事烦恼过。我太忙了。可是现在我知道我需要你，我们在彼此的身上发现了吸引自己的东西，这种感觉是在任何人身上都找不到的。不要问我是如何了解的，我回答不上来。我不可能对你说，没有你我就活不下去，我知道我可以。我非常清楚地知道，我不可能因为失去或者得不到某些东西而去寻死觅活。每个人的生命里都会遇到很多挫折，但是他们仍然可以继续存活，无论遭受的打击有多大。现在我只知道，除非万不得已，否则我的生命里不能没有你。"

她的嘴角带着笑意："布拉德，你很诚实。其他男人可是给了我很多承诺。"

"诚实是我们现在这个社会仅存的奢侈品了，所以也是最宝贵的。"

她又从烟盒中抽出了一支烟，点燃了它。"你最好现在把我送回去，布拉德。"她说道。我看到她的眼中有金色的火花在跳动。

我安静地点了火。发动机发出轰鸣声，我把车倒出停车区，往城里开去。这一路，我们什么都没有说。

我把车停在了她订的酒店门口，看着她："我还能再见到你吗，伊莱恩？"

她的目光在我脸上停留了一会儿："布拉德，我也不知道我们是否应该再见面。"

"你怕我？"我问。

她摇着头说道："不是的，我不是怕你。你是个很神奇的男人，布拉德。"

"你是害怕自己爱上我？"我继续追问道。

她坦然地回答道："我不是害怕爱上你，我什么都不怕。"她把车门打开，走下了车。她站在车边看着车内的我，接着说："但是你还是好好思考一下吧。你是有家室的人，你不应该自找麻烦。"

我迅速回答："我的麻烦就在这儿，我能再见到你吗？"

她温柔地说："布拉德，按我说的做吧，你好好想一想。"

我坚持道："如果我考虑好了，还是想再见你呢？"

她耸了耸肩，转身就要离开。"我也不清楚，以后再说吧。晚安，布拉德。"

"晚安，伊莱恩。"我看着她走进酒店，直到消失在我的视野里，我才开车离开。

第七章

当我关上车库大门，准备往家里走的时候，已经快十一点了。卧室里的灯光洒在走廊上。忽然我的心里涌起一种很不自在的感觉。这是我第一次希望玛吉没有等我。

我觉得我应该是心虚了。十一点了，玛吉应该没有在等我，卧室的灯还亮着是因为时间还不算晚。我站在门前，点燃了一支香烟。

应该好好整理一下自己的思路了。伊莱恩说得对，我什么都没有考虑过。我究竟想从她那儿得到什么？要是我对现在的生活还算满意，那我何必自找麻烦？女人终究只是女人而已。

我在门廊前的台阶上坐了下来，眺望远处的星空。布拉德，好好想想上天赐予你的一切吧，我对着自己说道。你已经有了三万的年薪、十万的资产，还有两个可爱的孩子和一个温柔贤惠的妻子，她了解你，对你好，而你也早已习惯了有她陪伴。在你人生最饥渴的时期所渴望得到的那些东西，你都拥有了。现在有什么理由去改变它呢？为什么要变成一个陌生的自己？

但是心里仍然有别的想法在扰乱我的思绪。伊莱恩的容颜出现在我的脑海中。那梦幻般的脸庞只在想象中出现过。她的身上，散发着我所热爱的所有的女性美，我不敢相信这样的美居然真实存在。

我的耳畔回荡着她的声音，动人心弦，令人陶醉。她很寂寞，就和我年轻的时候一样，而对于寂寞的人来说，这个世界简直太可怕了。她感到非常恐惧，我也曾经如此。害怕生活会有太多不幸，而这些恐惧恰恰是生活中的不幸引起的。

我知道她也喜欢我，这一点我有十足的把握。人们要么很需要我，要么一点都不需要。伊莱恩就非常需要我。在我们第一次见面，当我挽留她的时候，我就已经知道了。而那次的接吻更让我确信了这一点。

不是第一次，而是第二次。那次她也在回应我。她需要我，就如同我需要她一样。她的亲吻有一种叫人惊讶的渴望，好像要把我所有的力气都掏空，我重新找回了自己那早已丢失的激情。这样强烈的感受让我惊讶，同时也感到害怕。这也是为什么我会在这里停留的原因。它让我明白我和我认识的其他男性一样，没有任何区别。我不知道自己是喜欢这样，还是不喜欢。

"嗨，你回来了？"玛吉温柔的声音从我身后飘来，"你在干吗呢？"

我感觉到她的手搭在了我的肩上，这让我的心很平静。我没有回头，而是伸手去触摸她的手，我说道："在想些事。"

我听到她的衣服沙沙作响。"布拉德，出了什么问题？"她关心地问道，接着在我身后的一阶台阶上坐了下来。"告诉妈妈。也许她可以帮你。"

我看着她。她的脸庞在头发的影响下看起来是椭圆形的，她嘴角的曲线优美。她的这些长相特点都让我很喜欢。她可以倾听，她也愿意倾听。可是这件事我不能说给她听，我必须自己解决。

我慢慢地说："没事的，宝贝，我就是想在这里坐一会儿，我在想如果能摆脱城市，那该多么美好。"

她微笑着把眼睛眯了起来。她站起身，拉着我走进了屋里。她笑着说："要是这样的话，热爱自然的男孩，要记得夏天已经过去了，这样坐在外面当心会感冒哦。到屋里去吧，我给你煮咖啡，你可以跟我讲讲和保罗还有伊丽丝共进晚餐的事情。"

她拉着我走过起居室，我说道："舒勒太太也和我们在一起，我们把他们送去机场，然后我再把她送回了酒店。"

她顽皮地看了我一眼："我的男孩现在还得照顾那些华盛顿的寡妇！她们专挑你这种年轻男人。"

我不停地辩驳道："我为她的遭遇感到难过。"

她关掉了咖啡壶下面的火，继续逗我："别再难过了，你还有个老婆和两个孩子需要来照顾呢。"

我郑重地点了点头："我一定会记着的。"

我的嗓音有些怪异，她忍不住抬头看看我，笑容在她的眼中消失了，她的嘴唇快速掠过我的脸颊，轻声道："我知道你不会的，布拉德，否则我怎么可能会爱上你。"

早晨，洒进卧室的明媚阳光叫醒了我。我有些迷糊地看着天花板，房间看起来有些不大对劲，好像放错了地方。我忽然意识到，我睡在了玛吉的床上。

我缓缓地转过头。她就睡在我旁边，睁开了眼睛在那里注视着我。她朝我微笑着。

我也看着她，回了一个微笑。

她低声说了几句。

我没听清楚。"你说什么？"我的一声疑问穿透了房间，打破了清晨的宁静。

她轻声细语地说："年轻的爱人，我们好久没有这样过了。"

我想起了昨天晚上。

她用手臂环绕着我的脖子，让我的头埋在她的胸口上，然后在我的耳边娇喘道："布拉德，你知道吗？你真是个让人沉醉的男人。"

我的喉咙像是被什么东西卡住了，久久说不出话来。有多少男人是因为被别的女人撩起了爱火而和他们的妻子做爱呢？身体上和精神上，哪一种背叛更加严重呢？

她用手轻抚着我的头发，继续在我耳边低语道："我们以后应该多这样做，亲爱的。"她微笑着。

我也试着微笑，开玩笑地说："我可不再是以前那个年轻小伙了。"

她又笑了笑，耳语道："布拉德，我就喜欢你这样傻傻的。现在你可要强得多。以前你只是个笨拙的男孩，"我感受到她的身体在轻微颤动着，传出无声的欢笑，"可你还是那样使劲地假装不是。"

我进了车，坐到珍妮边上。玛吉站在门口，向下看着我们："布拉德，早点回家，爸爸今晚会来家里吃饭。"

我保证道："我会早些回家的。"父亲每个周二都会来。

珍妮挂上挡，把车开向车道。车子擦着拐角处的柱子，一下子就开上了街道。我惊叹着说道："你总会有撞在那上面的一天。"

她看了看我，咧嘴笑道："爸爸，别害怕。"

我提醒她："小心一点。"

她突然急踩了一下刹车，把车子停在红绿灯前，把头转向我说道："你考虑过我和你说的那些话吗？"

我假装忘了，问道："什么话？"

她耐心地说："结婚纪念日送给妈妈的礼物啊。"

我漫不经心地说道："这个呀，我当然考虑了。"

她忽然就兴奋了起来。"你买好了吗，爸爸？真的吗？你给妈妈买了什么呀？"

"变灯了，该走了。"我回避着她的问题。

她启动了车子，说道："你别岔开话题，爸爸。你给妈妈买了什么？"

我说道："等你妈妈收到礼物的时候你就知道了。这么大的惊喜，我怕被你泄露了。"

"放心吧，爸爸，我保证会保密的。"她的声音有种神秘兮兮的感觉。

"保证吗？"

"对！我保证！"

"一件貂皮大衣。"

"我的天呀！爸爸，你太棒了！"

"把你的脚从油门上松开一些，不然我担心我们不能把礼物送给她了。"

她再一次急刹车时，我们到了学校。她打开车门，忽然倾过身子亲吻了一下我的脸。"爸爸，你是最棒的！"

我看着她到了街道后才回到驾驶座上。汽车底板上有个东西闪着亮光，我弯腰把它捡了起来。

它在太阳的照射下闪耀着。那是一个很薄的金色烟盒。我慢慢地把它翻转过来，盒子上面写着一排小小的字母，这是一个名字。

伊莱恩。

第八章

马特·布拉迪是一个矮个子男人，我从未见过他笑。他的蓝色大眼睛一眨不眨的，它们会一直盯着你，直到把你看透。我不喜欢他。

我自己也不知道为什么，第一次见面时我就不喜欢他。也许是因为不喜欢被他的威严所覆盖着，就像他的肩膀上披着一件隐形的斗篷；也可能是看不惯其他委员对他的态度。虽然委员会的每个成员都是业内精英，都任职于价值数百万的公司，可是所有人在他的面前都卑躬屈膝，尊敬地喊他一声"先生"，仿佛把他当成了上帝。在他眼中，这些人只是最低贱的奴仆而已。

我看了一眼克里斯，想要得到一些暗示。他的脸上却毫无表情。我暗骂着，这家伙一下子就摆出一副假正经的模样！我只能转向了马特·布拉迪。

他依旧用冷淡的声音说道："年轻人，我没有精力把时间浪费在闲聊上。我是个急性子，有啥说啥，不喜欢拐弯抹角的。在你的计划书里，我看不出你的那些运动建议可以帮我们获得消费者，他们甚至不会明白我们到底想要做什么。"

我们就这样对视着。要是我可以从他身上看出伊莱恩所说的可爱之处，我想我一定是病了。我回答道："布拉迪先生，我是一名公共关系顾问。您知道那是什么吗？是那些为马戏团表演举牌子的人。我从不直接叫人去看马戏，我会告诉他们，生活中有多少乐趣是马戏团带来的。"

你不可能让这个秃头顺着你的想法走。言语对他是没有任何作用的，他的大脑就像机器一样转动着。我终于有点明白他是如何得到现在他所拥有的一切的了。他说道："年轻人，我不是怀疑你的能力，而是对你提议的运动有疑问。我大致的感觉就是，你只关注你自己的进账，而没有关心为客户提供的服务。"

你就装腔作势吧，今天就让你吃不了兜着走。我微微一笑："布拉迪先生，您刚说自己是个直来直去的人，是个不喜欢拐弯抹角的人，那我要说，您对我所提的内容没有丝毫了解，因为您只关注马特·布拉迪在这场运动中的进账，而没去关心整个行业如何从中获益。"

我感受到桌子周围的人群出现了一阵骚动。克里斯不满地看着我。

马特·布拉迪假装平静地说道："继续说，年轻人。"

我注视着他。也许我疯了，尽管如此，我还是试着想象他的眼眸深处潜藏着一丝微笑。我平静地说："布拉迪先生，您生产钢铁，我生产意见。您应该很清楚您的行业，在我购买任何一款使用您的原材料制造的商品时———一辆轿车或者一台冰箱———我认准的是您为这款商品提供了合适的金属。我是因为这个理由才去购买它的。"

我转过身，看着他那些围在长桌边上的同事。我继续说道："先生们，我相信所有公司的预算簿里都应该有一项费用叫作商誉。你们有的可以在这个项目上花费一美元，有的可以花费一百万美元，甚至更多。我不知道怎么去统计无形资产，因为我不是簿记员。我出售的就是无形资产。你不能把我给你们的东西像商品一样摆放起来，也无法去称算它的重量，它无法计数，不能应用到发明和创造中。"

我从他们的面部表情可以看得出来，他们慢慢地产生兴趣了。"我可以帮助你们获得商誉。如果方便的话，我想和你们谈一谈，在不久之前人们是怎么议论你们的行业的，我必须给你们提个醒。这些话你们都不爱听，但是我很抱歉，这对我的论点非常重要。

"珍珠港遭到空袭之后，纽约开始流传一个说法，日本人要在第九大道登岸对付我们了。无论对错，所有人都在埋怨你们，在咒骂钢铁产业，因为是你们把钢铁卖给了日本人。问题的关键不在于这些话的真实性，而是在后来很长的一段时间里，你们承受着人们的谩骂和抱怨。

"当时你们可能不会感到困扰，你们的产品面向的主要客户并非公众，而是那一场全面展开的战争。但是如果那时候的你们必须依靠消费者来维持生计，情况就不容乐观了。一九四二年我接到了去华盛顿帮忙清理废弃金属的业务。之前，清理活动没能按照预期的计划来实施，因为公众都不相信你们会把金属用在善意的用途上。我们进行了一场宣传活动，才打消了公众的顾虑。最终，在建立了公众信任的基础上，在你们回收金属的用途得到阐明的情况下，你们成功地将废弃金属流向了你们正在运转的工厂里。"

我停止了一会儿，吸了一口气，拿起面前的杯子喝了口水。在眼角的余光里，我看到马特·布拉迪也在聚精会神地听着。

我继续说："先生们，我的业务，就是帮你们赢得商誉。我会尽最大可能让公众对你们的看法变得好起来。也许我并不能帮你们卖掉一个十美分的开瓶器。但是如果我成功了，公众对你们的评价会变得更高。他们对你们更有好感，这就意味着你们有更多的机会把你们的产品销售给顾客。无论你们是否意识到，让你们的顾客对你们产生好感和街角糖果店里的店员让他们的顾客喜欢他们一样重要。而且，这话你们或许会不爱听，但是先生们，对我来说，你们只是这世界上最大的街角边的最大的糖果店里的老板。"我收拾好身前的文件，将它们装进包里。对我来说，会议已经结束了。

不需要低头看边上的克里斯来确认我已经确定的感觉了。五十万的收入再也不可能出现在我们的账目上了……

进电梯后，克里斯一声不吭。虽然今天阳光明媚，可还是感觉大街上寒气逼人。我把衣领竖了起来围着脖子。

克里斯打手势拦下了一辆出租车。就在我准备上车的瞬间，脑子里忽然产生了新的想法。我转过身把公文包交给了克里斯："你先回去吧，克里斯，我准备出去走走。"

他点了点头，接过了我手中的公文包便上了车。我看着车子开了很远之后，走回了第五大道上的人群中。我低着头，双手插在口袋里，朝着住宅区走去。

我真的是个大笨蛋。我应该识趣一点。如果今天遇到的不是马特·布拉迪这样的对手，如果不是因为忍受不了他质疑的语气和冷漠的眼神，我还是很有希望争取到这个项目的。爸爸曾经说过："当心小个子。"为了生存，小个子会表现得格外精明。爸爸是对的。马特·布拉迪就是这样一个精明的小个子。他一眼就看穿了我的虚伪。我心里对他升起了一股恨意。他无所不知，清楚所有的答案。最起码他自己是这么想的。其实他错了，不可能有人能知道所有的答案。

我不知道自己走了多远，走到了哪里，但就在我停下脚步的时候，我来到了她入住的酒店门口。从早晨开始，那个金色的烟盒就躺在我的口袋中，冰冷地挤压着我的手指。

我出了电梯来到走道上，她就在门口待着。看到她的脸时，我就知道她是在等我。

我跟着她进了酒店的房间，把烟盒拿了出来："昨晚你故意把它留在了车里。"

她安静地从我手中接过烟盒，没有承认也没有否认。她没有直视我的眼睛："谢谢你，布拉德。"

"为什么？"

她缓缓地抬起头看着我，我再次感受到了她的寂寞。她的双唇张开，似乎想说点什么，她的眼眶中泛着泪水。

我向着她伸出手臂，她就那样投入了我的怀中，好像她本来就属于那里一样。她的脸庞贴着我的胸口，我的嘴里是她咸咸的泪水。

我们就这样相拥了很久，最后，她的眼泪总算止住了。她低沉地说道："不好意思，布拉德。我已经没事了。"

我看着她走出房间，消失在卧室里。之后我听到了水流的声音。我脱下外套把它放在椅子上，拿起了电话。

这家酒店的客房服务很到位。她出来的时候，我正好把苏格兰威士忌倒在酒杯里。

她洗了脸，非常干净，她的眼中已经没有了泪水的痕迹，虽然还是有些红红的。我给她递了一杯酒说："来一杯吧。"

她再次道歉道："布拉德，对不起，我不是故意哭的。"

我赶紧说："别再说这个了。"

她摇着头坚持道："我讨厌哭泣，这样对你不公平。"

我坐到外套旁边的椅子上："爱会让一切公平……"看着她脸上的表情，后半句卡在了我喉咙里。

我安静地喝着酒。当威士忌进入到我的胃部，在我体内产生反应后，我感觉脑子不再发热了。她坐到了我对面的椅子上。

我们都没说话，就这样不知道坐了多久。接着我又给自己倒了一杯酒，内心总算得到了安慰和满足。世界和生意都离得那么远，就连刚才的失落也都已经忘记了。

她身后的窗户已渐渐被暮色笼罩，我的声音在房间里回荡。我举起酒杯看着，莫名其妙地说出了一句话。

"我爱你，伊莱恩。"

我把酒杯放下看着她。

她点着头回答道："布拉德，我也爱你。"

我明白她为什么会点头，就像我们两个人一直都清楚这一点。我坐在椅子上没有移动。"我不知道它是怎么发生的，也不清楚为什么会这样。"

她打断我："没关系，从我见到你的那一刻起，我的生活已经重新开始了。原来我很孤独。"

我说："你以后不会再孤独了。"

她温柔地问道："不会吗？"

我们走到了房间的中央。我的心里有一种被火焰燃烧的感觉。我感受到身体的肌肉被一种早已丢失的力量绷紧。我的手臂不由自主地紧紧抱住了她，我的手指在她的衣服里寻找着她的秘密。

她的手用力地拉着我的头发，疼痛感突然自发根传来。我跪着抬起头看她的脸。

她正在低着头注视着我，她的眼睛已经模糊不清；只有她的嘴唇在颤动着："别，布拉德，不能这样。他们会用一个可怕的词语来形容这件事。"

我迅速起身，把她抱了起来。她的胸口随着呼吸不断地起伏着。我低头看着她，急促地说道："哪来什么可怕的词。我们之间的事情从来没有发生过，它只会属于我们。"我低头亲吻她，抱着她走进了卧室。

她温润的双唇还在颤动着，慢慢地颤动停止了，还是那样的温暖。她就像象牙雕饰的小画像，落日的余晖照耀在她的肌肤上，像是镀了一层金色。

她的身体像极了一堆久放未燃的干柴。那么一瞬间，我们已经处在一个只属于我们的世界里了，像是坐在星际飞船里一样，飞跃到月亮之上的云层中，速度简直比光速还快。

我的嘴唇在她的嘴里，她的牙齿中带着我的血腥味。一颗彗星攥住了我的心，在我的体内如同流星一般爆炸开来。短暂的惊讶过后，我的脑子一片空白，我的心中萌生出一个可怕的念头。

马特·布拉迪赚取了我五十万，我现在和他打成了平手！

第九章

水流声唤醒了我。我静静地躺在那里，让眼睛习惯这里的黑暗。我下意识地伸手去拿我的烟，发现它们不在老地方，我这才意识到自己是在哪里。

我翻身到床边，坐了起来。我把床头边上的灯打开，看了看手表，九点了。玛吉应该着急了。我拿起电话，和接线生说了电话号码。

听筒中传来拨号的呼叫声，这个时候浴室门打开了，伊莱恩走了出来。她站在那里看着我，身后门道的灯光勾勒着她的身影。她的头上裹着一条小毛巾，身上围着一条大大的土耳其浴巾。

"给家里打电话？"听起来是个问句，其实更像是陈述句。

我点了点头。

她没有再说话。这时电话那边传来玛吉的声音："布拉德吗？"

我回答道："对，是我，宝贝，没什么事吧？"

"没事的，布拉德。我就是很担心你，你在哪儿呢？"

我对着电话说："我也没事，"我抬起头看伊莱恩，她就站在门口，"我出去喝了点酒。"

玛吉问："你真的没事吗？可是你的声音听起来怪怪的。"

我有些不耐烦了："我不是说了没事嘛，就是多喝了几杯。"

伊莱恩转身走进浴室，把门关上了。我抽出一支烟，准备点燃它。

玛吉问道："你在哪儿呢？你们公司的职员找了你一下午。"

我撒谎道："我在第三大道的一间酒吧里面，他们找我干吗？"

"我不清楚，"她接着回答道，"克里斯说和钢铁工业计划有关的。他说让你给他回打电话。"她沉默了一会儿，"布拉德，是发生了什么事吗？事情进展得不顺利？"

我没好气地回答："嗯，很不顺利。"

"不要难过了，布拉德。这些并不重要，即使没有它，我们现在一样可以过得很好。"我的脑海里浮现出她那充满爱意的笑容。

我说："你说得对。"

"克里斯说，你可能要去他们在匹兹堡的总部办公室。他在和我最后一次通话的时候说还不太确定，不过为了以防万一，我帮你把行李收拾好了，已经送到你的办公室去了。你要给他回个电话吗？"

我回答道："嗯，好的。"

她的声音愉悦了许多。"你们谈完再给我回电，告诉我发生了什么，好吗？"

我回答道："好的，宝贝。"

她说："我希望你别喝太多了，你知道喝多了会很难受的。"

"放心，我没喝多少。"我回答道，忽然想把电话挂了，"我现在要给克里斯打电话了，过一会儿再打给你。"

她的再见声还在听筒里回荡着，我就挂断了电话。这就像一个信号，浴室门打开了，伊莱恩走了出来。

我说："你不需要这样做，没有什么要保密的。"

她的双眼睁得很大，一副若有所思的样子："我不想站在这儿看着你说谎。"

我试着和她开玩笑："害怕了，是吗？"

她的脸上浮现出一丝阴霾，认真地回答道："是很害怕，我早就和你说过。"

我朝她伸出手去，被她避开了。她尖锐地说道："你不是还有电话要打吗？"

我追上她说："可以等下再打。"我亲吻着她，透过浴巾，我可以感受到她的体温。

她的手臂环绕在我的脖子上。"布拉德，亲爱的布拉德。"

我亲吻着她的锁骨，凹陷处还残留着沐浴后的水滴。"我爱你，伊莱恩，"我轻声道，"我就像以前没有爱过一样。我从来没体验过这种爱。"

我听着她在我怀里满足地喃喃道："布拉德，告诉我，你没有对我说谎，你不是在玩弄我。告诉我，你爱我就如同我爱你一样。告诉我，证明给我看。"

我这样告诉了她。

我终于拨通了电话，克里斯激动地说道："我的天啊，你到哪里去了？"

我简单地回答道："喝了点酒，有事吗？"

"我找了你一个下午，"他说着，"布拉迪说让你明天早上到他匹兹堡的办公室去。"

他的兴奋劲儿带动了我，我的招数有效果了。我说："你买好机票，我马上就来。"

他立即说："我已经买好了，你的名字已经登记在乘客名单上了。一〇四次航班，十一点一刻的飞机。你的旅行包已经送去了，就在行李寄存室。"

我看了看手表，已经快到十点了。我必须抓紧时间了。"好的，克里斯。我马上出发。"

他总算松了口气："老板，祝你成功回来。完成这个项目我们就发达了。"

"猪肉是给农夫的，"我龇牙笑着，"我要把整头肥牛带回来。"

我挂断了电话，看向伊莱恩问道："你都听到了吗？"

她点点头，她的头发在枕头上显得很有光泽。她说："你最好快一点，没多少时间了。"

我冲着她笑道："你最好快一点，收拾好东西。我们一起去。"

她惊讶地从床上坐了起来。"布拉德，别开玩笑了。你不能这么做。"

我开始穿衬衫，开玩笑地说道："俏美人，你不了解我。我想怎么做就能怎么做。你就是我的幸运星，你必须跟在我身边，直到我把这个项目拿下。"

伊莱恩收拾着行李，我给家里打了个电话："我要赶十一点一刻的飞机去匹兹堡。"

玛吉说道："我还在想，你怎么没有马上给家里回电话。"

我赶紧解释："我也没办法，克里斯的电话一直打不通，刚刚才接通。布拉迪要见我。"

她笑着说："太棒了，布拉德，我为你感到骄傲。我就知道你一定可以成功的。"

克里斯早就把一切安排好了。我的包上贴着一张克里斯留下的便条，上面写着他已经帮我在匹兹堡的布鲁克酒店预定好了房间。我把住店登记表填写好后，在凌晨两点左右到了我们楼上的房间。

侍应生检查房间的时候，她站在房间的中央。检查完毕后侍应生把手中的钥匙拿到我面前。我给了他一美元小费，他关门离开了。

我朝着她微笑道："还是这样简陋，没有家的味道。"

她没有说话。

我说道："别这样不开心了，俏美人，匹兹堡没有那么糟糕。"

她终于开口了："我绝对是疯了才会这么做。如果你碰到熟人怎么办？"

我反问她："换了是你，你会怎么办？"

她立刻回答道："我不需要和任何人解释什么，可是你……"

我没有让她把话说完："我的事我会自己解决。"

她抗议道："布拉德，你根本不清楚别人会怎么说，他们是什么人，他们会怎样做……"

"我一点都不在乎，"我再次打断她的话，"我不在乎其他人，我只在乎你。我要你一直陪在我的身边。现在我找到了你，我就再也不想和你分开。我已经等了你这么久。"

她走过来，紧紧地靠着我，她的眼睛在我脸上找寻着什么。"布拉德，你是认真的吗？"

我点着头说道："现在我们在这儿，对吧？这个回答还不满意吗？"

她的目光还在我脸上停留着。我不知道她在找寻些什么，但是我想她肯定已经找到了，因为她已经转身朝着卧室走去。在她进卧室之前，我喊了她一声。她转过身看我。

我对她："伊莱恩，等一下，我们应该这样。"我将她直接横着抱起，迈进了卧室。

第十章

客房服务员按响了门铃。阳光刚爬进房间，我看了看床头柜上的手表，早上七点。我又看了看床的另一边，伊莱恩已经不在了。

"帅哥，早上好。"这时，她端着早餐盘走了进来。

她看起来美艳动人，金色的皮肤上泛着粉红色的光芒，闪闪发光的双眼充满了活力。我凝视着她问道："你起来多久了？"

"嗯，有一个小时了。"她说，"昨晚我们没打开行李箱。我把你的西装和衬衫拿出来烫平了。我叔叔喜欢穿着得体的男人。"

"是吗？"我朝她笑了笑，"好吧，如果我给你叔叔打电话告诉他，我今天想和这个碰巧是他侄女的性感女人不穿衣服躺在床上，他会怎么样？"

"我觉得，"她调侃说，"他会认为这是无聊之举。我不认为他会为了这个跑一趟。"

"你叔叔是怎么回事？只会工作，不会玩耍，聪明孩子也会变傻。"我笑着说。

"你永远不会变成傻孩子。"她说着伸手握住我的手，把它举到唇边，然后吻了吻我的手掌。

"嗯，我觉得你的叔叔也许是一个非常笨的小孩！"我说。

"他真的是一个非常和蔼的老人。很强硬，但很可爱。他有很多私人问题需要亲自解决。"

"是的，我想每个人都有他们自己的问题。"我坦率地说。我依然觉得他是个卑鄙的混蛋，但我没有提起这一点。她看到了他更柔软的一面。我听到的所有关于他的事，全是什么他对任何人都没有怜悯之心，或者他有太多的金钱和权力，他的竞争对手根本无法与他抗衡，等等。

伊莱恩揭掉早餐盘上的银色盖子。我一看，有几个单面煎的鸡蛋、一块焦酥的熏肉、一块炸薯饼、一片哈密瓜、几块蓝莓糖浆煎饼，还有热麦片。"我的上帝，你这是准备送我去前线吗？"

她笑了笑。"好吧，我不确定你喜欢吃什么，所以我都点了。"

"真是个好女孩。"我一边说，一边亲吻她的头发。令我惊讶的是，她只吃了燕麦片，而我把其他所有东西都塞进了自己的肚子里。

"你几点开会？"伊莱恩问。

"八点半。"我看了看表，"天啊，我得赶紧穿衣服。"我跳下床，冲进淋浴间。我感觉棒极了，我知道这将是美好的一天。

我正冲着澡，听到电话铃响了。我用浴巾裹住自己，跑到卧室。

只见伊莱恩盯着电话，整个人看上去几乎僵住了，铃声就像会发出电击一般，每响一下，她就战栗一下。我一把抓起电话："你好。"

我在抓起电话前就猜到是玛吉打来的。我看向伊莱恩，她也同样知道。突然，我感觉自己全身都绷紧了。蜜月结束了，又回到现实生中了。

"嗨，亲爱的，"玛吉在电话里说，"我还担心你已经去参加会议了。"

"还没有，我在洗澡。"我努力让自己的声音听上去正常些。

"你好像很紧张。"她说。

"嗯，有一点，那个家伙很难对付。"我回答。

"好吧，我想让你知道我爱你，我会为你祈祷的。我知道你会没事的。"她甜蜜地说。

"谢谢，玛吉。"我说，"一有结果，我就给你打电话。很抱歉，我现在赶时间。"我把电话放回去，然后看着伊莱恩。

"没关系，布拉德。"她说。我看见她的眼泪在眼眶打转，但她不想让任何事情打扰到这次会面。我觉得很内疚。我猜是克里斯给了玛吉房间号和酒店的电话号码。

我穿衣服的时候，伊莱恩待在客厅里。我出门时，她看出了我的心情。我为刚刚发生的事情感到紧张，因为我不知道能从那个老人那儿得到什么。天啊，我心想，为什么我们就不能待在我们的世界里呢？

第十一章

崭新的联合钢铁集团的行政大楼透着白光，周围安装了一排钢铁围栏，守护着布拉迪的资产。这个建筑的后面是黑烟弥漫的铸造工厂，一排排的烟囱不停地往湛蓝的天空排放着黑烟。

我进门时，身穿制服的门卫将我拦住。我说："我是罗恩，来见布拉迪先生的。"

他问道："你有通行证吗？"

我摇了摇头道："没有。"

"那你有预约吗？"

"有的。"

他拿起桌子边上的电话嘀咕着，还不停地观察着我。我点了一支香烟，等待他放行。我刚吸了一口烟，就看到他放下了电话。"这边请，罗恩先生。"他礼貌地说道，按下了电梯按钮。

电梯门打开了，里面站着一位穿相同制服的电梯操作员，我走进电梯时门卫说道："把罗恩先生送到布拉迪先生的办公室。"

电梯门关上了，随后开始上升。我微笑道："感觉像是见总统一样麻烦。"

他面无表情地说："布拉迪先生是董事会主席。"

那一瞬间我很想冲动地告诉他，我刚才说的可是美国总统，不过我最终还是克制住了自己，没必要浪费这个时间，所以我选择了闭嘴。电梯到达后门开了，我走了出来。

电梯操作员跟着我一起走了出来："这边请，先生。"

我跟着他走过一条空荡荡的大理石走廊，走过一扇扇松木门。每相隔的两扇门中间，就有一个手持火炬的古希腊人物雕像，火炬里面装着电灯。我怀疑随时会有一扇门打开，出来一个殡仪馆的工作人员，把我们领过去看某具尸体。

他带我来到一扇门前，停下来敲了敲门，随后把它推开，礼貌地请我进去。走过阴暗的走廊，终于来到了明亮的房间里，光线有些强烈，刺得我睁不开眼睛，我听到身后门关上的声音。

"罗恩先生？"房间中央巨大的半圆形桌子后面坐着一位姑娘，她询问地看了我一眼。我点点头，朝着她走去。

她站起身，绕了过来说道："布拉迪先生现在有些事，暂时没时间见您，他向您表示抱歉。您能在接待室稍微等一下吗？"

我轻吹了一声口哨。从今天开始，谁都别和我说马特·布拉迪的心中除了钢铁之外什么都没有。即使是这位美丽的女秘书和我说，我也不会相信。这个女人能让人在隔着很远的时候就屏住呼吸，她的身材太考验男人的自制力了。

我微笑道："必须等吗？"

这个微笑真是白费了，她转过身领着我走向另一扇门。我紧跟在她后面，欣赏着她迷人的身姿。这是一个清楚自己拥有什么而且对此毫不掩饰的女人。从任何角度看上去都无可挑剔。她帮我打开了房门。

我停下来看着她："怎么你没有和他们一样穿上那些特别的警察制服呢？"

她面无表情，公事公办地说："您请自便，如果有什么需要就跟我说。"

我咧嘴笑道："这合法吗？"

她的脸上终于有了表情。她看上去有些疑惑。

我大笑着翻译道："你是说真的吗？"

她紧锁的眉头松开了，回答道："是的，雪茄和香烟在桌上的雪茄盒里，杂志和报纸在边上的架子上。"我还没想好再说点什么，她就把门关上了。

我观察着室内的装饰，豪华而不俗气。墙壁用橡木装饰，皮质家具厚实舒适，地毯厚度大概到脚踝位置。门对面的墙壁上挂满了精美的相框，我被那里的相片吸引住了。

我向照片走了过去，看到了一些熟悉的人物，他们正俯视着我。

七张照片都是个人签名赠送给马特·布拉迪的。这些人都是美国总统。伍德罗·威尔逊、哈定、柯立芝、胡佛、富兰克林·德兰诺·罗斯福、杜鲁门，以及艾森豪威尔。

我拿出香烟放在托盘上。现在我终于知道为什么电梯操作员对我的玩笑毫无反应了。总统换了又换，而马特·布拉迪始终在那里。我坐着注视这些照片。这就是精明的小个子——马特·布拉迪。他没有像其他人那样把这些照片都挂在他的办公室里面，那样的话他可以随时在办公室里评说它们，或者故意忽略它们，借此给他的客人留下深刻印象。他把这些照片放在接待室里，就好像它们本就该在这里一样。

我开始怀疑自己究竟来这里做什么。任何一个像马特·布拉迪这样有高知名度的公众人物应该都不需要来理会我这种人。我看了下手表，已经过去五分钟了。我猜想他应该还要十分钟才会见我。等到那个时候，接待室的心理效应就已经发挥作用了。

我笑了笑，差点就着了他的道。既然是游戏，就应该有两个人一起玩。我起身推开了门。

女孩看到我走了出来，满脸惊讶的表情。我在架子上拿了一本杂志问道："洗手间在什么地方？"

她默默地指了一下我对面的门，我快速地走了过去。就在我打开洗手间门的瞬间，她说道："布拉迪先生再过几分钟就有空了。"

"那就让他等着。"我说完便关上了门。

当我在洗手间隔间里待了十几分钟的时候，有人打开门进来了。在隔间门板底下我看到了一双男人的鞋，那人站在隔间前面停留着。那是警察的鞋子。不需要看到灰色的裤子我就知道。我默默地笑着。过了一会儿，那人走了出去，又把门关上了。

我父亲很久之前有一个预言，现在终于实现了。我记得很多年前他对我母亲说，让我从浴室里出来的唯一办法就是叫警察来抓我。

我坐着翻看杂志。五分钟过了，门又打开了。我看着门板下，一个穿着一双小小的黑色皮鞋的人在那里走来走去。我再次暗笑，总算轮到他等我了。

我突然把杂志丢在了地板上。随后我走出隔间，来到洗漱台。

那个小个子就站在那里，抬起头疑惑地看着我。我低头朝他笑了笑，假装惊讶地说道："布拉迪先生，您的办公室真漂亮。"

布拉迪的个人办公室非常大，完全可以用来做无线电广播中心的音乐厅了。它坐落在大楼的一角，两面墙都镶嵌着巨大的落地窗，透过窗子可以看到密密麻麻的大楼，上面都用不锈钢装饰着"联合钢铁"的标志。他的办公桌在两面落地窗会合的巨大拐角处。桌子周围有三张凹背座椅。办公室的另一端是长形会议桌，四周围着十把椅子，房间封闭的角落有一套组合式的长沙发，沙发前面是一张大理石材质的桌子和两把椅子。

他指着一把椅子示意我坐下，自己走到了办公桌的后面。他也坐了下来安静地看着我。我在等待他先开口。他的第一个问题让我感到奇怪。"罗恩先生，你多大了？"

我疑惑地看了看他，回答道："四十三了。"

他第二个问题也同样让我诧异。"你一年的收入有多少？"

"三万五。"我快速地回答着，想撒谎都来不及。

他默不作声地点了点头，盯着桌子。上面放了几张打印的表格。他似乎在研究些什么。我同样一言不发地等待着他说话。过了许久，他抬头看着我问道："你知道我这次找你来干什么吗？"

我坦白道："之前我以为我知道，可是现在我不确定了。"

他阴着脸笑道："我喜欢坦率的聊天，小伙子，我从来不会把时间浪费在拐弯抹角上。你想不想一年赚六万？"

我有些紧张了，这家伙报价的样子让我想起了在华盛顿的时候。我笑着说："当然想。"

他友善地朝我靠了过来。"还记得昨天的会议吗？你在会议上阐述了一个关于行业利益的计划。"

我已经说不出话来了，只能点点头。我记得他对那个计划丝毫不在意。

他继续说道："你昨天的演讲里有许多漏洞，不过基本上能用。"

我松了口气。大鱼总算上钩了。一种胜利的喜悦涌上心头。我立即说道："先生，很高兴您能认可我的计划。"

他说："在我离开会议室的时候，我确实有些生气。"他的语气依旧很友善，他看着我说道，"你的指责让我生气。"

我赶紧解释道："对不起，先生，那是因为……"

他毫不在意地摆了摆手，示意我停止说话。"不用再说了。我承认我被你惹火了。但是你的那些话让我印象特别深刻。你是唯一一个敢直言不讳的人。"他苦笑道，"已经很久没人这样和我说话了。"

直到现在我还是满脸疑惑。我还是不清楚他究竟要我干吗，所以只能保持沉默。没有人会因为闭嘴而被绞死。

他朝着身后的窗子挥了挥手，说道："看看这些，罗恩先生。那里就是联合钢铁集团的产业，而且这还不是全部，整个美国还有二十处这样的铸造厂。它是世界上最大的五家企业之一——是我创造了它。很多人不赞同我的办事方式，不过没关系。我只知道我把一个梦想变成了现实。我十二岁就在铸造厂当运水工，从那时起我就开始和钢铁打交道了。"

我情不自禁地被眼前的小个子打动了。他那如同福音传教士的声音充满热情。我依然保持着沉默。

"所以在你说出我只为自己利益考虑的时候，你是完全正确的。我对此毫无内疚。过去这么多年了，已经无法改变了。"

我还是不清楚他想表达什么，所以我还是一言不发。他斜靠在椅子上看着我。我拿出了一支烟抽了起来。幸好他让我抽了一口才说话，因为他的话让我差点没忍住跳了起来。

他缓缓地说："我喜欢你，罗恩先生。你跟我很像。你身上有你形容我的所有特点：犀利、自私、冷酷。不过我觉得这是实事求是，是对生存法则的认可。

"这也是我为什么会通知你过来的原因。我要任命你为副总裁兼公共关系主任，年薪六万美元。我的组织里必须有你这样有能力的人才，为联合钢铁集团实施你的计划。"

我猛吸了一口烟，在椅子上坐定，然后问道："那行业运动呢？"

他轻笑了一声。我一生都在等待这个机会，我简直不敢相信，它已经来了。

马特·布拉迪又说话了，看起来他把我的震惊当成了同意。阴暗的笑容又出现在了他的脸上。他轻轻敲打着桌子上的资料。"罗恩先生，这些是我在一夜之间尽可能收集来的关于你的资料。你知道的，我想要尽可能多地去了解我的下属，现在有一个小问题我觉得必须和你谈一下。"

我疑惑地看了看他。大脑快速思考着。他究竟要表达什么？

他低头看着资料："你的业务能力很好，这个不用多说。你的家庭生活也很和谐。但是我觉得你的私生活应该检点一些。"

我感到一阵寒意袭来。"布拉迪先生，你在说什么？"

"昨天晚上你在布鲁克酒店和一名女子开了个房间，而她并不是你的妻子，罗恩先生。这是非常不慎重的。联合钢铁集团的成员一定要记住一点，我们随时都被监视着。"

我开始愤怒了。这家伙监视了我多久？也许这是他让我离开伊莱恩的筹码。"谁向你打报告的，布拉迪先生？谁对我的一举一动这么感兴趣？"我冷酷地问道。

他说："来匹兹堡的所有人，只要和钢铁有关，都会被监视，罗恩先生。"

我很想知道那堆资料里还写了些什么。我问道："我想您的间谍应该也告诉了您，昨晚和我在一起的女人是谁吧？"

他抬头冷冷地看着我："关于你和谁在一起，我一点都不感兴趣，罗恩先生，我只想和你谈合作。"

我站起身来说道："我决定了，布拉迪先生，对于您的提议我没兴趣。"

他也站了起来，急忙说道："年轻人别着急，没有哪个女人值得你做这种傻事。"

我大笑了几声。我心里想着他要是知道那个女人是他的侄女的话，会是什么感觉。我打开门冷冷地说道："布拉迪先生，这是我的决定，和这件事情无关。"

门外站着一个工作人员，慌忙退后了几步。他诧异地看着我。

我回头看了看桌子后面的小个子，说道："布拉迪先生，您的警察业务有些过火了，希特勒在走投无路的时候，就连盖世太保也救不了他。"

第十二章

走到大街上时，我已经气得满头大汗了。太阳很大，强烈的光线照得我几乎睁不开眼睛。街边有一家奥斯卡酒吧。里面看起来很暗，似乎很凉快，这正是我需要的。我推开门走了进去。

这是一家带餐厅的鸡尾酒吧。我走向吧台，坐到一张高脚凳上。这里都是联合钢铁集团的人，因为他们的衣服上都戴着集团徽章。这里是白领阶层的聚集地，很显然，铸造厂的工人阶层在别的休闲场所。

侍应生很快来到我的身边。我说："双份加冰的黑方威士忌，记得加柠檬。"

他在杯子里扔了三个冰块，拿到我面前。接着从他身后拿出一瓶黑方威士忌，倒了四分之三杯。接着切了一片柠檬皮丢进杯子里。"一块半。"他说。

要么这种酒在这里非常便宜，要么就是酒里掺了太多水。我在吧台上放了一张五块钱的钞票，端起酒杯："给。"我需要时间好好思考一下。

马特·布拉迪桌子上的报告让我很烦躁。不管那份报道是谁做的，他肯定知道我和伊莱恩在一起。大事不妙了。马特·布拉迪也许会容忍我对他的不敬，但绝对不会允许我和伊莱恩在一起。我得找个人去打探一下是谁打的报告。

我想起伊莱恩还在酒店里等我。我记得吃早餐时我特别紧张，我的胃在不停地跳动着。

她特别贴心地说道："别紧张，男孩，放轻松，马特叔叔又不是怪物，他又不会把你吃了，只是想和你谈生意而已。"

我笑了笑。对于马特·布拉迪来说，这不过是一笔小生意，可是对我而言，这可是一笔大生意。

我喝了口酒，加了点水。我对着酒保做了一个手势，示意他再给我来杯酒。我低头看看表，已经两点了。我不想回酒店告诉她这些事。

喝第二杯酒的时候，我抬头看到了吧台上的镜子。我看到有个女人似乎在对着我微笑。我正纳闷，那个女孩又对我笑了笑。

我在椅子上转过身，朝着她回了一个微笑。

她打了个手势，我端起酒杯朝她走去，是马特·布拉迪的秘书。我紧张了起来，嘴角艰难地挤出一丝苦涩的微笑。我问道："那个老家伙居然会让你出来吃午饭？是劳动部门对他提出抗议了吗？"

她无视我的讽刺，说道："布拉迪先生都是在一点半离开办公室，然后就不再回来了。"

我知道她是在邀请我。我在她边上的椅子上坐了下来，说："那太棒了，我不喜欢单独喝酒。"

她微笑道："他给你住的旅馆打了电话，在他离开之前还给你留了一个口信。"

我挑衅地说道："让他省省吧，我可不想和他打交道。"

她把双手举了起来，似乎想挡一阵风。"罗恩先生，你别朝我发火，我只是在那里工作。"

她说得对，我怎么像个笨蛋。"对不起，小姐……"

她说道："桑德拉·华莱士。"

"华莱士小姐，"我特别正式地说，"请允许我请你喝一杯。"我向侍应生打了个手势，然后问她要喝点什么。

"烈性马提尼。"她说。侍应生离开后她看着我说道："布拉迪先生喜欢你。"

我回答道："是吗？可是我不喜欢他。"

"他想要你为他工作。他会想办法让你同意的，他甚至已经让法务部给你起草好了一份协议合同。"

"他和他的那些间谍也有协议合同吗？"我问。

侍应生放下她的酒就离开了。我拿起手中的酒杯晃了晃，说道："我奉他的命前来监视你。"

她大声笑道："你一定是喝多了，已经疯了。"

我说："的确疯了，已经在无偿为他服务了。"

"谢谢你请我喝酒，罗恩先生。"她说完，就端起酒杯喝了起来。

"布拉德才是我的名字。每当有人喊我先生的时候，我就会转头望去，总觉得他们是在和我爸爸说话。"

她微笑着说："好的，布拉德。不过你迟早也要习惯的，而且要让他称心如意。"

我说："你应该也听到我离开他办公室时说的那些话了，我不可能接受他那份讨厌的工作的。"

她的脸上浮现了一种奇怪的表情，似乎这句话她已经听过很多次了。她平静地说道："他会如愿的，你还不够了解他，马特·布拉迪能解决一切问题。"

一个奇怪的念头突然在我的脑子里冒了出来，我问她："你不喜欢他？"

她的声音低得像是在说悄悄话："我恨他。"

我瞬间觉得脑子清醒了许多。"那你为什么还要待在那里？外面还有很多工作，你没必要非得为他工作啊。"

"十一岁的那年，我父亲在铸造厂上班时出事故死了，从那个时候开始我就知道自己以后会成为他的秘书。"

我突然好奇起来。"为什么呢？"

"我妈妈把我带到他的办公室里。我看上去比我的实际年龄要大许多。马特·布拉迪特别狡猾。我记得他朝我们走过来，牵着我的手对我妈妈说了一些话。我到现在还记得他的手指有多么冰冷。"

"'不用担心，华伦斯维兹太太，'他说，'我会给你们足够的钱让你们维持生计，桑德拉长大以后可以到我这里来工作，我甚至可以让她做我的秘书。'"

"他从来没有忘记自己说过的话。他经常给我妈妈打电话，监督我有没有选择合适的专业课程，我在学校的表现如何。"她注视着手中的酒杯，"如果我现在离开他，他会让我永远都找不到下一份工作。"

我惊讶地问道："就算你离开这座城市也一样？"

她苦涩地笑了笑。"我曾经试过一次。他毫不费力地把我的生活搞得一团糟，然后又大方地重新为我安排了这份工作。"

我喝了一口酒，这酒的味道很醇厚。我把酒杯放回桌上。我已经在这里喝了一下午的酒了。我深呼吸了一下，坦率地问道："他在包养你？"

她摇了摇头，回答道："不是，周围大多数人都是这样想的，但是他从来没有对我说过一句跟生意无关的话。"她专注地看着我的脸，目光里充满了疑惑，似乎在请求我帮她寻找一个答案。她补充道："我想了很久也没想明白。"

我看着她的眼睛，足足一分钟："他有没有派人监视你？"

她说："我不清楚，有时候我觉得他会这样做，有时候又觉得不会。他不相信任何人。"

直觉告诉我，我可以相信这个女人。我问道："你看过他手上那份关于我的资料吗？"

她摇头说道："资料是个人调查办公室送过来的，那是一个密封好的信封，直接交到他本人手里。"

"那有没有办法拿到那份资料的复印件？"我问道。

"那个资料只有一份，在他的抽屉里面。"

"你能让我看看吗？"我不甘心地问，"我一定要看一眼这份资料，它有可能会给我带来巨大的灾难。"

她说："布拉德，这样做没有任何好处，如果资料里真有什么事，他肯定已经记住了。"

我急忙说道:"可是,如果我知道他掌握了哪些情况,说不定还有机会。"

她没有再说话。我看得出来,告诉我这么多事已经让她感到害怕了。因为她根本就不知道我是谁。在她眼里,我也可能是马特·布拉迪派来的间谍。

我赶紧说道:"你如果帮我的忙,我也会帮助你。你让我看一眼那份资料,我帮你摆脱马特·布拉迪的掌控,让他永远找不到你。"

她深吸了一口气。我突然意识到在她办公室的时候,是什么东西那么吸引我了。她的乳房非常丰满,有那么一瞬间我都觉得它们要从衣服里跳出来了。她看到我目不转睛地盯着她,嘴角扬起了一丝异样的笑容。

她坦率地说:"我没有把它藏在那里。"

"但愿你藏了。"我把视线转移回到她的脸上,"可惜我没那个运气。这会给生意带来点乐趣。"

她的脸上出现了一层淡淡的红晕,她用沙哑的声音问道:"你为什么认为不会这样呢?"

第十三章

我们穿过巨大的铁门,当我准备转向大楼的入口时,她轻轻地触碰了一下我的胳膊:"走这边。"

我跟在她身后,绕过大楼的拐角,女贞树篱的拱门后隐藏着一扇门。她从包里拿出钥匙打开了门,解释道:"这是马特·布拉迪的私人入口。"

我们走到一条小走廊里,不远处有一部电梯。她按下按钮,打开门。我们走进电梯，她转过身来对着我微笑道："马特·布拉迪的私人电梯。"我感觉到了电梯在上升，她依然对着我微笑。

我无法拒绝这个邀请，我把她搂在怀中。她的双眼睁得很大，她的双臂环绕在我的脖子上，她的嘴唇在我的亲吻下微微张开着。电梯边上的安全扶手卡在她的臀部，我能感觉到她想把我推开。我的第一感觉是正确的：要和这个姑娘保持距离。电梯门开了，我们仍在僵持着。

终于，她仰头深吸了一口气，她用闪闪发光的双眼看着我："我喜欢你。"

我勉强咧嘴一笑。我必须谨慎一些了。

她说道："你是我喜欢的那种类型，在你进洗手间让他等你的那一刻开始，我就情不自禁地喜欢上你了。"

我沉默不语。

"该死！"她突然叫道，她的双眼依旧注视着我。

我惊讶地问道："怎么了？"

她没有说话，而是转过身来往电梯外面走。我跟在她后面走进马特·布拉迪的私人办公室。她走到办公桌的后面，拿出钱包，从里面掏出一把钥匙。她犹豫了一下，还是把抽屉打开，取出了那份资料。她手里拿着那份资料说道："我真是个笨蛋，你可以叫警察的。"

我没有回答，就站在那里看着她。我们这样站了一会儿，接着她把资料递给了我，完全没有要看看它的意思。她让我又吃了一惊，我问她："你都不打算看一眼吗？"

她绕过我走到门口，打开了她房间的门。她走到门边上，回头看着我说道："不想看。我知道你结婚了，我对这些细节没兴趣。如果你心里还有别的女人，我不想知道她是谁。"

她把门关上了，我走到光线充足的地方。我象征性地脱帽，向马特·布拉迪致意。他并没有多少时间做详细的调查，但是他收集的东西已经够多了。这几张纸上写着我的整个人生。我快速地浏览这份报告，找寻她的名字。

我悬着的心放下了。报告上面只写了我和一个女人在一起，她在我的房间里过夜。根据指示，他们将停止做更进一步的监视。

我把报告资料丢在桌上，点了一支烟。

我刚吸了一口，她打开门问道："如何？"

我指着报告回答道："我都看了。"

她走进房间，把门关上。"没事吧？"

"没事。"我说。我觉得自己挺傻的。我走到她身边补充道："我都不知道怎么感谢你了。"

她没有说话。

我朝着电梯方向走去："我该离开了。"

她说："你现在不能走，会被发现的。要是他们在大堂控制板上看到了电梯的信号，会过来检查的。"

我只能停住脚步，问道："那现在我要怎样才能离开？"

她的嘴角掠过一丝怪异的笑容。"你还得和我一起走。我们五点一刻离开，那时候员工都下班了。"

我看了一眼手表，已经快四点了。她的唇边仍然挂着笑容，看着我说道："坐吧，我去给你拿点喝的。"

我穿过房间，走到组合式的沙发旁边，坐在椅子上："给我来一杯。"

我看着她走来走去调着酒。她把酒杯递给我，我听到冰块撞击酒杯发出清脆悦耳的声音，开心地喝了一小口。

她在我对面坐了下来，问道："你打算怎么做，布拉德？"

我又喝了一口酒，回答道："回纽约，忘记这边发生的一切。"

她说:"你想得太简单了,马特·布拉迪想得到你。"

我对她笑了。

她一本正经地说:"别笑了,你回酒店后,会收到他给你的留言,让你今晚去他家吃饭。"

"我不去。"我说。

她回答道:"你会去的,等你回到酒店,你会把整件事想清楚。你会想起他和你谈的那笔钱,你会想到那笔钱可以帮助你完成很多梦想。"她喝了一小口酒,"你会去的。"

我观察着她:"你能知道所有答案?"

她在我的注视下低下了头,回答道:"我不知道,可是我见过这样的事。他一定会把你搞到手,钱对他来说不算什么。他会把钱堆在你面前,直到你答应为止。他会耐心地和你交谈,让你知道你有多重要。然后你会看到桌子上面的钱越堆越高,你的两眼开始发光。最后你屈服了。"

我把酒杯放在面前的咖啡桌上,问道:"你为什么会和我说这些,你会得到什么好处?"

她把酒杯放在我的酒杯边上。"我看过太多的大人物在马特·布拉迪的脚下臣服。这令我感到厌恶和害怕。"她的声音越来越小,她的目光停留在我的脸上。

"那又如何?"我温和地问道。

"你坚强又骄傲,在你的脸上从来没有流露出害怕。你一点都不会担心再也见不到我,在你心里,我只是一个摆设。我从你的眼神中已经看出来了。"

"那我要怎样看你?"我问道。

她站起来,在我的面前笔直地站着。接着,她缓缓地绕过咖啡桌,走到我身边。我抬头看着她,我的视线观察着她每一个动作。她在我面前停了下来，低头看着我说："你应该这样看我。"

我沉默不语。一动不动。

那种怪异的笑容又出现在她嘴角。"我知道你不是我的，"她说，"我知道有别的女人得到了你的心。你也清楚这件事，在你亲吻我的时候我就知道了，但是这都无所谓。"

"对你而言，我不是马特·布拉迪的秘书，也不是他办公室里的某件摆设。我是一个人，我是独立的个体，我是一个女人。你应该这样看待我。"

我沉默不语。在这个世界上，我们每个人都是独立的个体，拥有属于自己的价值，而不是某个机器的某个零件。因为环境或者运气的影响，有人强，有人弱，但是所有人对自己而言都是独一无二的。

我伸手去拿酒杯，她抓住了我的手。我抬起头看着她，她和我四目相接。她缓缓地跪在我面前，拉着我的手放到她胸口上。我能感受到她的心脏在我的手指下面活跃地跳动着。她的另一只手搂着我的脖子，我的嘴唇触碰到了她的唇边。

我的太阳穴猛地跳动着。她的舌头找到了我口中的秘密，她的牙齿轻咬着我的嘴唇。我不知道是什么东西阻止了我。一切都显得那么合理，她的身上有男人想拥有的一切——除了一样，没有爱。我不是她的。

我不情愿地推开了她。我不想伤害她，也不知道该说点什么。

她看着我说道："不是还有一个女人吗？"

我点了点头。

她深吸着气，站了起来。我抬头看着她。她颤动着嘴唇，面带一丝微笑："我就是喜欢你这一点。你很诚实。你没有藏着你内心的想法。"

她转身回到她的办公室里，过了一会儿，我听到她轻轻敲打键盘的声音。时间在慢慢地流逝。我来到窗前，看着外面的铸造厂。马特·布拉迪有资格骄傲。如果换个地方，我可能会喜欢这个人，可那也仅仅是假设。也许他说对了，我们两个人很像。

办公室外的走廊传来了铃声。声音在空气中荡漾着，她走了出来。我转头面对她。

她说道："现在可以离开了。过会儿我们就走。"

第十四章

我在大门口拦了一辆出租车，在五点三刻的时候回到了酒店。男人的自我意识真的很奇怪，我觉得我的自制力是六个人的自制力之和。我的感觉很不错，想想有多少男人可以在同一天放弃六万的年薪并且拒绝一个漂亮的美人？

我为自己感到。我迫不及待地想把这些事说给伊莱恩听。我迅速推开房门大喊："伊莱恩！"

房间里非常安静。

我关上门，看到桌子上留着一张便条。我心中的狂喜瞬间被浇灭了，剩下的只有忧虑和恐惧。不，她不会走的，她不会就这样离开我的。她不会的！

我看着便条上的留言，它就像炎夏里的一缕微风，让我心旷神怡。

亲爱的：

　　一个女人只能忍受这么多。现在她必须去美容院了。我会六点半回来。爱你。

伊莱恩

我把便条放回桌上，走出房间来到电话边上。我拨了办公室的电话。

克里斯似乎很兴奋："布拉德，你那边情况怎样了？"

"不太好，"我回答道，"马特·布拉迪想要我放弃自己的业务，然后为他服务。"

"那他开的条件怎么样？"

"年薪六万。"我说。即使没有说话，我也能听到克里斯熟悉的口哨声。我自嘲地加了一句："他喜欢我。"

克里斯的声音显得非常满足，他问道："你什么时候开始做？"

我平静地说："我不做，我拒绝了。"

他不敢相信地大喊道："你疯了！有哪个正常人会拒绝如此高薪的工作？"

"那你最好帮我在科那尔医院安排一个房间，因为我已经拒绝了。"我说。

"可是，布拉德！"他反驳道，"去这种机构工作不是你一直渴望的吗？你可以先接受他的邀请，同时悄悄打理原先的业务。我会在这边帮你照看好一切，这样我们每年都可以获得丰厚的报酬。"

他的语气和以往大不相同，将他的雄心壮志和想要出人头地的野心暴露得一览无余。我对我们之间突然出现的合伙关系非常反感。我冷冷地说道："克里斯，我说了我不想接受这份工作，我现在还是你的老板。我唯一想要的只有钢铁工业这个项目。"

"如果你能和马特·布拉迪合作，你完全不需要这个项目。"他收起野心，痛苦地说道。

"不需要你为我操心。"我平静地回答。

"行吧，布拉德，如果这就是你想要的。"他说。

"没错，这就是我想要的。"

一阵尴尬的沉默之后，他问我："今晚回来吗？"

我很快地回答道："我明天回去。布拉迪今晚邀请了我，我还得去和他见一面。"

"需要我告知玛吉吗？"他很认真地问道。

我说："我会给她打电话的，明天见。"

"继续努力。"他最后来了一句，只是声音里已经没有热情了。

我把家里的电话号码报给了接线生。在接通玛吉的电话前，我还给自己倒了一杯酒。味道很好。我有些喜欢上这种酒了。正当我这么想的时候，我听到了她的声音。

"你好，宝贝。"我说。

"布拉德。"她的声音很欢乐。她太了解我了，从来不会问我发生了什么事情，因为我会在第一时间告诉她。"你听上去很疲惫。"

我只说了一句话，她就听出来我受打击了。我立刻说道："我很好，只是那个布拉迪太难对付了。"

"你一整天都在他的办公室吗？"她问道。

我很高兴她问了我这个问题，这样我就不需要编造谎言去欺骗她了。"是的，他要我为他工作，年薪六万。"

"可是你似乎不开心。"她说。

我说："是的，我拒绝了。我不喜欢他。"

她毫不犹豫地说道："我相信你，布拉德，你能处理好这些的。"她对我深信不疑，这让我感到十分内疚。

"但愿如此，这或许意味着我会失去整个钢铁工业项目。"我说。

她说道："别担心，还会有其他项目的。"

我快速回答："今天晚些时候我会知道更多情况，因为他邀请我去他家吃饭。"

她说："不管你怎么做，我都会支持你的。"

她对我的信任让我觉得很不自在。我立刻换了话题："珍妮怎样了？"

　　"她很好，"玛吉回答道，"但是她最近有点奇奇怪怪的。她暗示我结婚纪念日可能会有惊喜。我不知道她葫芦里卖的什么药。"

　　"放心，我太了解她了，没事的。"我大笑起来。很有可能结婚纪念日还没到，珍妮就把皮衣的事情泄露了。"小布拉德有消息吗？"

　　"今天早上收到了他的回信。他说感冒还没好，已经在床上躺了好多天了。我很担心。"

　　我安慰道："别担心，宝贝，他会没事的。"

　　"可是如果他已经卧床不起，那他一定病得很严重。你了解他的。"

　　我说："也许他还没我难受呢，只是想逃几天课而已。"

　　"可是……"

　　"别担心了，宝贝，没事的，明天我就回来了。"

　　她说："那好吧，布拉德，你早点回家。我想你。"

　　我说："我也想你，宝贝，明天见。"

　　我挂断电话，在杯子里加了更多的威士忌和冰块，把脚搁在沙发上。我觉得很奇怪，我是有点不对劲，但是我不想深究。我的良心应该很过意不去。也许马特·布拉迪的秘书搞错了，我和其他玩世不恭的小丑是一样的。或许我是一个天生的骗子，会在不同的阶段爱上不同的女人？或许我现在才到达这一阶段？我不清楚。

　　伊莱恩。她的名字浮现在我脑海中，我下意识微笑起来。如果真有一个女人是为男人而生的，那肯定就是她。她的每一处都是那么完美，叫人心生爱慕。她的脸庞，她的眼睛，她修长的手指，她走路时那优雅的步伐，这些都吸引着我。我喝了几口酒，闭上了眼睛，继续想象她那美好的模样。这就像关上灯能快速进入梦乡一样。而且我的确做到了。

在梦境中，她就是那个住在萨顿广场的小女孩。我记得以前我经常可以在第三大道上的铁路公寓那边的高铁轨道下看到她。她有一头金色的秀发，她是那么可爱迷人，那个衣着朴素的家庭教师一直在边上守护着她。

她从来没看过我一眼，直到有一天她的一个红蓝相间的皮球滚到我的脚边。我捡起皮球递到她手上。

她接过皮球转身走了，就好像我给她捡球是理所当然的事情。她的家庭教师教她要感谢我。她那悦耳的声音飘荡在城市的空气中。

"Merci。"她说。

我看着她的脸，这一刻是多么美好！我一路跑回家中，来到三楼，问我母亲"Merci"是什么意思。

母亲说："在法语里应该是'谢谢'的意思吧。"

我感觉到有一只手放在了我的肩上，我醒了过来。伊莱恩朝我微笑道："又喝多了。"

我笑着把她拉到我的怀中，用手抚摸她的脸，亲吻她的双唇。她的唇是为我而存在的，我们的唇多么吻合。过了一会儿，她终于松了口气。

她大声叫道："嘿！干吗这样亲吻我？"

我回答："因为爱！"

她再次微笑着亲吻我。我感觉整个世界都消失不见了，等我重新回到人间的时候，她的灵魂之光温暖着我。

我说："Merci。"

第十五章

我凝视着舱外，机场的灯光在空中四射，似乎在迎接着我们。我感觉飞机的机轮触碰到了地面。刚开始很轻，像是在试探着地面的承重力，然后慢慢地安心着陆了，四射的灯光把我们拥入它的怀中。

我转向伊莱恩说："我还是觉得不应该接受这份愚蠢的工作。"

她把注视着窗外的目光转移到我身上，说道："不会比你今晚拒绝和马特叔叔见面更愚蠢了，也许你本来可以在今晚和他商量出一些结果的。"

我感到有些恼火。我把所有的经过都告诉了她，当然，除了那份报告。我不想让她担心。我冷冷地说："我已经和你说了，我不会为他工作的。我要自己干。"

飞机结束了滑行，我解开自己的安全带，然后侧身帮她也解开了安全带。

她坚持道："我觉得这件事肯定还有办法的，我可以和你一起去，我会帮你的。但是你太骄傲了，你不想让别人知道我认识你。"

我气极了，因为我不能和她说我不敢带她一起去的真正原因。布拉迪手中有那份资料，一旦看到我们在一起，他立刻就会对上号，那我就完蛋了。我没有说话，等着她站起来。

她继续说道："你至少应该打电话和我商量一下的。"

我终于忍不住爆发了，激动地说："去他妈的！我才不会如他所愿呢！"

我们下了飞机，走到机场的跑道上，我提着我们的行李箱，沉默不语地朝出租车的方向走去。我盯着眼前的地面，带着满腔怒火大步地走。

她突然笑了起来。我转过身疑惑地看着她，问道："你在笑什么？"

她毫无顾忌地笑着："你怎么像个一不小心就会被惹毛的小男孩一样？"

我也忍不住笑了。她说得对啊。从我和她说拒绝去她叔叔家吃晚饭开始，之后的事情没有一件是称心如意的。我想在那里再停留一晚，她却坚持要回纽约。我们乘坐了九点的班机，一路上又都在为是否要去见她叔叔而争吵。

她说："这样好多了，这还是你今晚第一次笑。明天早上你还得上班，打起精神来，不要一副刚结束完旅程后的疲劳相。去我住的塔楼里，我们会很舒服的。"

我挥手喊了一辆出租车，说道："好吧。"

出租车停靠在我们边上。我打开车门，把行李丢了进去，然后跟着伊莱恩上车。"去塔楼，司机。"我说。

我刚坐下点了一支烟，司机突然开口说话了。

"你行啊，伯纳德，你连自己爸爸的车都不认识了？"

"爸爸！"透过火柴闪耀的火光，我看到他正对着我笑。

他挂上挡，朝出口处驶去。我紧张得大叫："我的天！爸爸，你怎么在这里！"

他悲伤地摇了摇头，却又带着笑意地说道："真是一个悲伤的夜晚啊。你还是个小家伙的时候，隔着六个街区就能认出我的车来，可是现在……"

我大笑道："别说了，爸爸。我从来没认出过你的车，我认出的是你开车的疯劲儿。直到有一天你那股疯劲儿被理智淹没了。那就——砰——再也不会有奖章了。"

他在一个信号灯前停了下来，看着后视镜说道："下午我和玛吉打过电话。她说你在匹兹堡，但是不知道你什么时候回来。她说有大买卖。"

我看到他在观察伊莱恩。汽车再次启动了，我微笑着。爸爸是一个真正的出租车司机，任何事都往最坏的方向考虑。让我觉得好笑的是他对我也是这样。于是我说："是大买卖，爸爸，但是就和古老的故事结局一样，它溜走了。"

爸爸似乎对买卖的话题不感兴趣，他问道："那么这位女士呢？
一个业务上的朋友，是吗？"

我瞟了一眼伊莱恩。她瞬间感觉到了。她的脸上有一种被逗乐的
表情。我一本正经地回答："简单来说是这样的，爸爸。"我知道这样
会惹到他。

我对伊莱恩说："伊莱恩，这是我父亲，他是一个满脑子鬼点子
的老先生，不过这和我没有任何关系。在我出生之前他就是这个样子
的。"说完我又转头对着他，"爸爸，这位是舒勒太太。"

伊莱恩的声音十分清脆："罗恩先生，很高兴认识你。"

爸爸有些尴尬地点点头。其实，每次和我的朋友见面他都表现得
很害羞。

我解释道："舒勒太太和我乘坐同一架飞机，我答应她送她回
酒店。"

伊莱恩立刻接话道："布拉德是个好人，罗恩先生。我和他说过
不要这么麻烦的。"

爸爸说："舒勒太太，布拉德对女人一直都很好，尤其是长得好
看的女人。"

她大笑道："罗恩先生，我现在知道了，您儿子讨人欢心的本事
完全是来自您的遗传。"

爸爸突然严肃地说道："舒勒太太，他是个好人。他和你说了
吗？他有两个孩子，一个男孩，快十九岁了，现在在念大学，还有一
个念高中的女儿。"

她仍然在微笑着。"我知道。"

爸爸继续说道："他是个好丈夫、好父亲，他娶了个好老婆，从
公立学校上学的时候，他们两个人就认识了。"

我在座位上有些坐不住了。这老头究竟想干什么？我赶紧打断他的话，说道："爸爸，够了，别说了，舒勒太太对我的人生故事肯定不感兴趣。"

伊莱恩尖锐地说道："罗恩先生别这样，我很感兴趣。"

这正好是父亲想听到的。接着他喋喋不休，直到抵达目的地。连我自己都觉得这是个枯燥无聊的故事。现在还有谁会在意我是一个高中都没念完的坏学生呢？在我们抵达酒店的时候，我太开心了。

我拿着她的手提包出了车门："爸爸，等我一下，我送舒勒夫人进去。"

她和我爸爸握了握手，然后跟我一起走进了大厅的旋转门。经过大堂时她说道："布拉德，你父亲为你感到骄傲。"

我在电梯门口停下脚步。"他只有我这一个孩子，"我说，"他对我一直都很好。"

她的嘴角露出一丝奇怪的微笑，说话的声音有些紧张："他有权做这些。你的确值得他骄傲。"

我猜不透她在想什么，低声问道："伊莱恩，是哪里不太对劲吗？"

"没有什么地方不对劲。"她摇着头，"所有事都不对劲。"

我说："我会把他打发走的，我让他先把我送去车库，然后告诉他我会自己开车回家。"

"别傻了！"她低声说，"他晚上在机场等待的目的就是来接你。你还没看出来吗？"

事情一下子就说通了。晚上我和玛吉打电话说明天回来，可是他并不知道，因为他在下午就和玛吉通电话了。我早就应该想到这些的，因为他并没有把车开到候车线排队，而是从另一处开过来的。

我有些无奈地说道："早和你说了别急着回来。"

她淡然道："现在都无所谓了。"

我看着她。她的眼眸中重新浮现出一层悲伤的阴影。她悲伤的眼神影响着我，我的心中一阵刺痛。我们不再说话。我看到她的表情越来越痛苦。电梯门开了，她走进电梯。

我把手提包递到她手上，无助地说道："我一会儿就给你打电话。"

她的眼睛湿润了。她点点头，沉默不语。

门关上的时候我说了一句："晚安，亲爱的。"

我转身走出酒店，上了车。我坐在后座疲惫地说道："走吧，爸爸。"

穿过市区的时候他一言不发，到了高速路时爸爸从后视镜望着我说："伯纳德，她是位美丽的女士。"

我点头道："没错，爸爸。"

"你们怎么认识的？"

我把她的经历和我们的相遇过程向他慢慢讲述。我说完后，他悲伤地摇摇头："真是个伤心的故事。"

我如释重负。车子终于停在了我家的车道上。我不想再谈论这个话题。我看了看表，已经过午夜了，我说："爸爸，你就在这边过夜吧，现在回家太晚了。"

和以前一样，爸爸总是自己做决定。"伯纳德，你又乱讲。夜晚还很漫长呢。还有很多乘客在等着我呢。"

和以前一样，我总是表示反对。我请求道："留在这吧，爸爸，明天我们可以一起去城里。你应该知道我很不喜欢排队。"

玛吉看到我回来时很惊讶，我和她解释说布拉迪的会谈取消了，所以我今晚回来。珍妮也走下楼来，我们在厨房里喝着咖啡。当我提起在飞机上遇到了伊莱恩时，爸爸满脸疑惑地看着我。我赶紧转移话题，跟他们说了马特·布拉迪的提议，爸爸的疑惑立刻消失了。

我们喝完咖啡时已经凌晨一点半了，三个街区以外的杂货店都关门了，已经找不到地方给伊莱恩打电话了，我只能上床了。

我心中非常不安，怎么也睡不着。过了一会儿，玛吉把手放在我肩膀上。

她的声音如夜色那般柔和："怎么了，布拉德？"

我简单地回答道："没事，应该是太兴奋了。"

她低声道："的确太重要了。"我感觉到她来到了我的床上。她的手臂环绕着我的脖子，把我的头放在她的胸口，她轻声道："睡吧，宝贝，快睡吧。"她好像把我当成了孩子。

一开始我的神经紧绷着，但是当我听到她均匀的呼吸声，感受到她的体温传递到我的身体时，所有的东西都消失了。我闭上了眼睛。

早上一到办公室，我立马给伊莱恩打电话。接线生的回答并没有让我感到惊讶。她昨晚离开的那一刻我就预感到了。可是，我还是不愿相信这一切。"你说什么？"我木然地问着，就像没听清他说的话一样。

接线生的声音异常清晰明朗。他的语气带着专业人士对外行的愤怒。

"舒勒太太今天早上结账退房了。"

第十六章

下午三点的时候，我已经无法控制自己的情绪了。我一开始觉得很生气，然后又感觉受到了伤害。她不应该这样一走了之。我们都是成年人了。相爱的人在一起，可能会有一些阻力，但是不应该选择逃避。躲避爱情的地方是不存在的。

我只能全身心地投入工作里，这是让我暂时忘记这件事的有效办法。我搞得办公室所有的人都要发疯了。我知道自己像入魔了一样，甚至连午饭都没去吃。可是不管我怎么做都没用。痛苦的感觉不断涌上我的心头，直到我无法再忍受。

我把所有人赶出了办公室，并且告诉米琦别让任何人打扰我。我开了一瓶苏格兰威士忌，倒了满满一大杯。二十分钟之后，我的头开始痛了起来，就像我的心一样。

这时我的私人电话响了。这部电话可以绕过总机直接打来。我任由它响着，一点都不想接电话。玛吉是唯一打这部电话的人，可是现在的我无法和她说话。

但电话一直在响。终于，我走到桌前接起来。"喂？"我不耐烦地说道。

"布拉德？"

我瞬间辨认出了那是谁的声音，我兴奋得心跳开始加速，大叫道："你去哪儿了？"

她回答道："我在马特叔叔家。"

我有种如释重负的感觉，叹息道："我以为你选择了逃避我。"

她直截了当地说："我是想逃避你。"

我一下子不知道该说什么，我的太阳穴很痛，就像被钳子夹住了脑袋一样。我不解地问她："这是为什么？为什么？"

"布拉德，你不属于我。"她的声音小到几乎要听不清了，"尤其是昨晚之后，我清楚地明白了这一点。我之前一定是昏了头。"

我赶紧说："我爸爸是个老顽固，你不了解他……"

她打断我的话："我很了解，我要是不了解就好了。我不知道自己为什么要和你在一起，这对我一点好处都没有。"

我痛苦地说道："伊莱恩！"

"可能是我太寂寞了，"她像是没有听到我说话一样，继续说着，"可能是因为我太想念戴维，身边一直没有男人陪我。"

我绝望地说道："不是这样的，宝贝，你知道不是这样的。"

她的声音很疲惫："我已经不知道是怎样了，不过已经无所谓了。我知道你不属于我，至少现在还没有到无法挽回的地步，离开对我来说是最好的选择。"

我抗议道："可是我爱你，伊莱恩，我非常爱你，早上给酒店打电话得知你离开了以后，我就疯了。对我来说，全世界没有其他比你更重要的了。我们在一起的时候，我们彼此都是对方心中理想的另一半。我们不像两个人，而是一体的……"

她又打断我的话说道："没用的，布拉德，我们不可能有结果，连出路也不会有。"

我大叫道："伊莱恩，你不可以离开我，伊莱恩！"

她平静地说道："我不是离开，你就当我从未出现过。"

我的心中被苦涩的感觉淹没了。我高声地叫道："对你来说或许是这样，可是我不一样。与其如此，还不如让我相信我母亲从来没有生过我！"

她的声音依旧是那样平静："从某种程度上来讲是这样的，布拉德。"

我沉默无言。

她的每句话都如同刀刃插在我的心上，而她的语调让这把利刃插得更深了。"我们就这样吧，我给你打电话只是想告诉你，马特叔叔在纽约出差，他说如果有时间会去你办公室找你的。再见，布拉德。"

电话挂断了。我跌坐在椅子中，缓缓地放下电话。我看着桌子上的威士忌酒瓶，心中涌上了一股寒流。梦想、荣誉统统不见了。我拿起酒瓶对着嘴直接喝了起来。

内线电话响起，我一边喝酒一边接起来。米琦说道："布拉迪先生来访。"

我放下了酒瓶。烈酒对我来说就像水一样，没有丝毫影响。我依旧毫无生气地说道："我不见他，带他去见克里斯。"

她诧异地说道："可是，罗恩先生……"

我怒吼道："带他去见克里斯！我说我没法见他！"我砰的一声按下按钮，打断了她的话。我凝视了一会儿内部电话，痛苦的洪流涌上心头，胸口堵得难受。

痛苦让我想要发泄。我拿着瓶子砸向了电话，碎片散落一地。我的脚因为用力踢了椅子，现在痛得不行。我的耳边全是乒乓声，因为我把桌子上的东西全都摔在了地板上。

门被推开了一点。我赶紧冲了过去，把门关上。米琦在门外焦急地喊道："布拉德，怎么了，你没事吧？"

我靠在门上，用力顶着，嘴里喘着粗气："我没事，走开！"

"可是……"

我不想让她再多问，大叫道："我说了没事，走开！"

我听到了她离开的脚步声和她回到座椅时椅子发出的响声。我把门锁上了，转身看着办公室。

一切都乱糟糟的。我想要收拾一下，可是我做不到。我从上衣口袋拿出手绢，擦了一下脸。脸颊上面黏糊糊的汗水让我感到恶心，我穿过房间，打开了窗户。

冷空气飘了进来，我感觉好些了。许久之后，我站在窗口俯视着这座城市。你是个笨蛋，我对着自己说。你怎么像个十几岁的孩子。你已经拥有了想要的一切：金钱、地位、尊严，一辆凯迪拉克。你还想要什么？女人终究只是女人。

就是这样。女人终究只是女人。我始终这样想，也经常这样说。

我摸出了口袋里的香烟，点了一支。我倚靠在坐垫上，烟雾在我上空周围弥漫着。我疲倦地闭上了双眼——她又重新出现在房间里。

我感受着她柔软的秀发，看着她温柔的微笑，听着她甜美的声音。我翻身把脸埋在垫子里，感受到快要无法呼吸了，可仍然没有效果，我始终摆脱不了这种幻觉。

我用手击打着坐垫，想要赶走她。女人终究只是女人。我睁开双眼，可她依旧在房间里面，只是看不到而已。

我踉踉跄跄地站了起来。我大吼道："走开！别烦我！"空荡荡的房间里，我只能听到自己的回音，我愧疚地闭上了嘴。

我怎么会像个笨蛋一样？我问我自己。我可以得到任何一个我想要的女人。任何身材、类型、肤色的女人。她并不是这世上唯一的女人。

我突然有了一个想法，走到电话边上拨打了长途电话。我给了接线生一个电话号码，等待着。

我听到一个应答声。

"桑德拉，"我快速说道，"我是布拉德·罗恩。"我没有等她说话就接着说道，"我和你说，你说的另外一个女人根本不存在。没有别的女人了。"我看着表，"如果你可以赶上四点半的飞机，我们可以在六点三刻到瓜尔迪亚酒店……"

第十七章

开车之前我去了阿尔蒙德酒吧，想要喝一杯酒。六点过后，酒吧开始热闹起来。我挤到吧台前，对着服务员做了个手势。他心领神会地送了杯酒过来，不用我多说他就知道我想要什么酒。

我观察着周围，朝我熟悉的人点点头，但是没有开口说话。没什么可说的。我安静地喝着酒。

我忽然感觉到有人搭我的肩，于是转过身。原来是摩特·雷尼尔，他手下的广告代理公司在城里名列前茅。"你好，上校。"我跟他打了个招呼，接着便准备进行一场十分钟以上的贸易洽谈，并且在交谈时，双方都在较量谁的谎话会更多一些。

摩特基本上属于"没有天赋"但社会关系广泛的那类人。战争时期他曾经担任过盟国远征军最高统帅部的上校，这个经历使他后来的事业发展得特别迅速。虽然摩特表情严肃，但是这次他没有进行什么贸易洽谈。"你惹上大麻烦了，老弟？"他说着，既像是陈述，又像是疑问。

我有些不解，看着他说："你是在问我，还是在告诉我？"

现在轮到他疑惑了："你自己不知道吗？"

我摇摇头。

他做了个手势，我拿起酒杯跟着他来到一个小角落。他靠近我，低声地说道："消息已经传开了。你惹怒了马特·布拉迪。"

麦迪逊大道上没有秘密。离我拒绝见布拉迪还不到三个小时，消息就传开了。我问道："你从哪儿听说的？"

他模棱两可地说道："到处都在谈论这个，他们都说你要倒霉了。"

我大笑起来："整条街都被谣言搞得乌烟瘴气的。我只是拒绝为他工作而已，没有什么人会在意的。"

他说："马特·布拉迪会，我听说你把他从你的办公室赶了出去。"

这下我开始生气了。全世界有一堆讨厌的好事者。我怀疑，他也许还能说出我上次上厕所是什么时候。我问道："那又怎么样？选择和谁合作是我的权利。"

他站了起来说道："我喜欢你，布拉德。我只是好心提醒你一下。"

我抬头看着他："伙计，我也喜欢你，谢谢你告诉我这些。"

我看着他回到吧台，便自顾自地喝完酒，走出了酒吧。去机场的路上，我一直在思考各种问题。我的身边有奸细，我必须查清这件事，不然我身上一有什么事情发生，就会闹得满大街的人都知道。首先我把自己的职员排除在外。我对这些人都很放心，就连接线生都没有接错过任何电话。

我把车停在了停车场，朝机场大门走去。从匹兹堡来的飞机已经到了机场的上空。飞机降落的时候我看到那银色的侧翼在闪闪发光。

她是第四个走出机舱的乘客。我看到她站在旋梯的顶部寻找我的身影。我把手指放在嘴唇上吹了一个响哨。

她朝我微笑着走下旋梯。乘务员发愣地盯着她的美腿，忘了扶她下来。难怪他会这样。她是一个真正的女人，不是那种在模特代理行工作的花瓶一样的美人。这是一个新鲜活泼的宝贝儿，看上去像是刚从泥土里长出来，依旧带着自然的芳香。

我把她领到车旁："我本以为你不会来了。"

她没有说话。我为她打开车门，然后再从另外一侧上了车，来到驾驶座上。我挂上挡，向城里驶去。

过了几分钟，她还是没有说话。我看着她问道："饿吗？"
她摇着头。

我说："想吃什么，牛排还是海鲜？"

"我在飞机上吃过了。"她说。我觉察到她在看着我。她问我："你喊我过来就是为了问我这个问题吗？你担心我在节食？"

一整天了，我第一次开怀大笑。这孩子说话真是实在。这个时候听到一句大实话真是让人很舒心。我把车开出高速路，在一条林荫道上停了下来。树木遮盖在我们头顶上方，周围没有房屋。我关上了引擎看着她。

我说："我对你提的这两个问题的回答都是'不'。告诉我，你为什么会来？"

　　她凝视了我一会儿，然后把身子靠在我身上。她用手臂环绕着我的脖子，把我拉向她。她那滚烫灵活的舌头在我嘴里所有隐蔽的角落刺激着我的神经。我能感受到她在我的怀中激动地颤抖着。我闭上双眼，感觉到雄性的激情被她挑逗起来，正在我的身体里膨胀。

　　终于她停止了亲吻，胸部伴随着急促的呼吸不断地起伏。她的手臂依旧抱着我的头，朝向她的脸，她深情地注视着我。她的脸上泛着光芒，温柔地说道："我不是过来赴宴的。这里的食物和匹兹堡没什么区别。我是来做爱的。"

　　我开车前往住宅区的一家旅馆，我是那儿的老客户。管理员为我开了个套间，我打赏了他五元小费。客房的服务员送了苏格兰威士忌和冰块过来。接着，一个侍应生送来一台收音机。最后房间里终于只剩下我们两个人了，我脱下外套，解开领带，倒了两杯酒。我给她递了一杯："欢迎来到纽约。"

　　她还没有喝上一口，我就已经把我的那杯一饮而尽，然后又倒上了一杯。她说："小伙子，看来你受到的打击很大哦。"

　　我注视着她："你无法接受吗？"

　　她笑着放下了酒杯："我才不会，我这个人本来就没什么尊严。我很乐意在你心情低落的时候陪你。这就是我来这儿的意义所在，不是吗？"

　　我喝完了第二杯酒，眼前的一切开始摇晃起来，是酒劲上来了，我说道："你非常聪明。"

　　"别太早下结论。"她说。她拨弄着她的拉链扣，摇了摇肩膀，上衣从她的手臂上滑落下来。接着她又快速地脱下了裙子。现在她全身就剩下一个无带胸罩和半截的衬裙。她弯下腰脱下长筒丝袜，丰满的乳房映入我的眼帘。

我的喉咙有些干燥，我感觉到我的心在胸口剧烈跳动。我紧抓着她的手臂，她直起身，仰起脸来看我。我紧盯着她的双眼问道："那又怎样？"

我从她的双眼中没有看到丝毫恐惧，她的嘴角带着一丝奇怪的微笑，我们上次见面时她就这样笑过。她在我耳边轻声道："她只要吹个口哨，你就会回到她的身边，布拉德。但是我不在乎。"

我瞬间就怒了。我大吼道："你胡说！我不可能那样！她只是一个女人而已。女人都是一样的！"我靠近她，感受到她的体温在温暖着我。她一副看穿一切的样子："是这样的，布拉德，等关了灯，你就分不清谁是谁了。"

我的怒火来得快，消得也快，我向她道歉："对不起，我失态了。"

她说："你受伤了，我能理解你的感受。"

我放开了她的手，又倒了杯酒。我刚把酒杯递到嘴边，她阻止了我。"还是别喝了，"她温柔地说，"喝进去的冰块会让你的胃不舒服的。"

她把我的手往下按，我只能把酒杯放回桌上，看着她。她的眼眸中微微泛着泪光，像钻石般闪烁。她的双唇微微张开，她那瀑布般的金色秀发散落在白皙的双肩上。

我轻声说："桑德拉，你真美。"

她一动不动，用沙哑的嗓音问道："是吗，布拉德？"

我伸手解开一个扣，胸罩掉落下来。

她喃喃道："布拉德，你能这样看着我，我死也值了，如果你能像爱她一样爱我，我可以为你做任何事。"

我把她拉到身边，亲吻她的嘴唇，用手紧抓她的肩头。她疼痛地呻吟着，伸出手臂环绕着我的脖子，把我拉向她。

我看着她。一万年前我们就这样躺在一起了。她当时也挺害怕。

我们翻滚在地上，身体在野性的搏斗里交融在一起。我是她快乐的源泉，是她存在的意义。

我们的嘴唇交融在一起，她的呼吸注入我的呼吸里。她在这种激情中疯狂地自我摆动着，这股焰火包围着我，让我感到迷失。我的内心呼喊着她的名字。

渐渐地，摇摆停了下来，我重新回到了现实。一开始，我只听到我们精疲力竭的喘息声，随后丛林逐渐消失在遥远的过去。

我几乎是痛苦地睁开双眼注视她。她对着我微微一笑，用手抚摸着我的脸颊。

我闭上眼睛，翻过身子，地毯上的线头扎着我的肩膀。我感觉到背后有响动。

她坐起来整理着头发。她感觉到我在盯着她，对我笑了笑，带着满足的声音说道："可怜的布拉德。"

我问道："这是什么意思，'可怜的布拉德'？"

她问道："你叫她什么来着，伊莱恩？"

第十八章

电话铃响了。叮铃铃的来电声像蜂鸣一样在我耳边环绕。我猛地从床上坐起来，忍不住发出一阵呻吟。我头昏眼花。我睁开双眼，正好看到桑德拉把电话放了下来。

我昏昏沉沉地问道："发生什么事了吗？"

"报点的，"她回答道，"我和接线生提前说好了，让他五点钟叫醒我。我还得赶六点钟的飞机。"

我不解地看着她："怎么了？"

她雪白的牙齿在昏暗的房间里闪着光："我还得工作呢，你忘了吗？"

黑暗中，我看到她朝着浴室走去，我说道："我会送你去机场。"

她走到门口过道上停了下来，回头看着我："不用这么麻烦，我自己叫出租车。"

"我送你。"我晃着脚走下床，这个动作让我再次感到头昏脑涨。我用双手捂着脸，从指缝中看着她，喃喃地说："我的头呢？为什么我觉得它不在了？"

她朝我笑了一下。"它还在呢。"她开玩笑地说着，便走进了浴室，把门关上了。

我从机场驾车去我的俱乐部换衣服。在前台登记时，我问了一下侍应生，有没有人给我来电。

他查看了一下记录回答道："没有，罗恩先生。"

我上楼走进自己的房间。昨晚我给玛吉打过电话了，告诉她我今天有点工作上的事要忙到很晚，今晚就留在俱乐部了。她没有打电话过来还是挺好的。我觉得非常疲惫。我决定去桑拿房里做一下按摩，然后再洗个澡。

我在按摩床上平躺着，山姆让我全身的肌肉都放松了下来。我把手放在胳臂上。山姆是个优秀的按摩师。他的手光滑有力，我的紧张情绪很快就得到了缓解。

桑德拉真是个奇怪的女孩。在机场的时候她的态度变得一本正经了。她和我握手道别，称我为罗恩先生。

我觉得很不适应。"你不记得我的名字是布拉德吗？"

她的脸上又浮现了那怪异的微笑，说道："今天和昨天是不一样的。"

我握着她的手："我们还会再见面的，对吧？"

她摊了摊手："不知道，无所谓了。"

我觉得我男性的尊严被触犯了，我大喊道："可是昨晚……"

她盯着我的眼睛说道："你在找寻什么，我也就在找寻什么。我们都得到了需要的。谁都不欠谁的，就这样吧。"

她的话没有任何毛病。我感觉特别轻松。我看到她笑了笑，我就知道我的眼神已经暴露了我的真实想法。我说道："桑德拉，你真好。"

她摇着头平静地说道："我只是知道自己什么时候会被打败而已。"她挣开了我的手，向着机场上的飞机走去。

一个清脆的拍击声把我带回到现实世界。山姆说道："罗恩先生，您现在可以去淋浴了。"

我慵懒地从按摩床上站了起来。"谢了，山姆。"我边说边朝淋浴厅走去。直到冷水浇打在我身上，我才真正清醒过来。

我进门时米琦的脸色有点奇怪。"彼得·高迪让你给他回电。"她说。

我朝着办公室走去，说道："让他给我打。"我环顾四周，昨天被我搞得乱糟糟的屋子现在已经收拾得整整齐齐了。米琦在我身后走了进来，递了些文件到我桌上。然后一声不吭地准备离开。

我喊了她一句："米琦，谢谢你帮我收拾房间。"

她看着我，疑惑地问道："布拉德，你怎么了？我还是第一次看到你这样。"

我耸了耸肩："也许是因为最近太忙了，有些压抑，导致心情不好吧。"

我看得出她并不相信我的解释，不过我是老板，她也不再多问了。过了一会儿，她把彼得·高迪的电话接了进来。

彼得是我的大客户。他手里拥有东部最大的私营航线。我们的合作大概占了我业务量的四分之一。

正常的寒暄过后，我们聊起了正题，我问他是否有什么吩咐。

他的语气显得有些尴尬。"嗯，布拉德，事情是这样的，"他用一口滑溜的英格兰口音说道，"我不太好意思直接和你说。"

我深吸了一口气，许久之后才慢慢吐出来。我似乎已经猜到了。不知道为什么，在我进办公室得知他来电的时候，我就有预感了。我尽量控制着情绪问道："彼得，发生什么事了？"

他回答道："我要撤回我所有的委托。"

"为什么？"我问他，其实我已经知道了，只是想听他亲口说出来，"我觉得我们的工作非常卖力。"

他立马说道："的确如此，布拉德，你的工作确实做得很棒，但是……"

我坚持道："但是什么？"

他说："出了点事，我的银行家们都让我这样做。"

我怒吼道："该死，你把业务委托给谁和他们有什么关系？你在业务上应该做一个有主见的人。"

他恳求道："布拉德，你就别为难我了，你知道我对你的印象非常好，但是这件事我没有办法。我如果不这么做，他们就会停止给我提供资金。"

我的怒气慢慢散去。的确，对他来说，这样做是对的。他无法帮助我。马特·布拉迪已经把话放出来了。谁还敢和他作对呢？

我说："好的，彼得，我尊重你的决定。"

我轻轻地放下电话，按了一下蜂鸣器，让米琦叫克里斯进来。我在椅子上转了个身，看着窗外。简直难以置信，那个小老头居然拥有如此巨大的权力。

内部电话响了，我按下按钮，那边传来米琦的声音："克里斯的秘书说，在你来公司之前，他就已经离开了。"

"他什么时候回来？"

"她说不知道。"米琦回答。我挂上电话，真是好极了。屋子在大火中摇摇欲坠，而消防队长却离开了。

蜂鸣器又响起了，我接起电话，又是一个客户的来电。同样的事情再次上演。对不住，老朋友。再见。一整天都是这样。客户们陆续给我来电。我甚至没有时间吃午饭，一直都在处理取消委托的事情。

五点钟到了，电话终于没有再响。我如释重负地看了下手表，很开心到下班时间了。再这样过两个小时，我又得像刚起家时那样，守着电话等待业务了。

我走到酒柜前，发现一瓶苏格兰威士忌都没有了。我冷冷地笑了，肯定是米琦早上打扫办公室的时候拿走了。我开门找她。

我问道："宝贝，你把酒藏哪儿了，我要喝一杯。"

她担心地看着我："布拉德，你不会又像上次那样吧？"

我摇头道："放心，宝贝，我只是喝一杯。"

她从桌旁的文件柜里拿出了一瓶酒，跟我一起走到办公室里，说道："我也要喝一杯。"

我看着她倒了两杯酒，然后递了一杯给我。我开心地接过酒杯，喝了起来。我问道："有克里斯的消息了吗？"

她摇摇头回答道："我想不出他去哪儿了。"

我的脑子里冒出了个想法。"他昨天见过马特·布拉迪吗？"她看起来有些疑惑，我继续说，"布拉迪来访的时候，我说让他去见克里斯。"

她突然想起来了："对，他们见面了。"

我问她："见了多久？"

她回答道："就几分钟，然后布拉迪先生就离开了。"

"克里斯说了什么吗？"

她又摇着头："他没说什么，比你先离开了。他看上去很紧张。"

我喝着酒，感觉这件事非常怪异。就算马特·布拉迪放话出来，他又怎么会一下子就拿到我所有客户的名单呢？肯定有奸细。

米琦看着我："出什么事了，布拉德？他们做了什么？麦卡锡认为你是共产党员？"

我笑着说："差不多就是这么糟糕，布拉迪觉得我是个讨厌的人。"

第十九章

回到家里吃晚饭时，我已经疲惫不堪了。玛吉看到我的样子，便把我拉到了起居室。她急切地说道："吃饭前你最好先喝点鸡尾酒，你现在太紧张了。"

我跌坐在安乐椅上，看着她。我觉得自己离开家似乎有很长一段时间了。她为我调制了酸味鸡尾酒，眼神中充满了关切，但是直到我喝完鸡尾酒，她才开口。她终于问道："出了什么事，布拉德？"

我颓然地把头靠在座椅上，闭上双眼说："我遇到大麻烦了，我的讲话方式惹怒了布拉迪，他已经公开对付我了。"

她急切问道："很严重吗？"

我看着她说道："很糟糕，今天已经失去了七八个大客户了。"

她似乎松了口气。她坐在椅子的扶手上问道："只有这些吗？"

我疑惑地看着她。我们都快要破产了，她怎么还觉得无所谓。"这些还不够糟糕吗？"我说。

她低着头微笑道："不，有的，还有比这些糟糕很多的事情，而且我以为它就要发生了。"

我听不懂她在说什么："比如？"

她握紧我的手，认真地说："比如我失去你了，而且我以为我真的要失去你了，你最近的表现非常古怪，可现在我知道了，你都是因为生意上的事情才这样的。自从参与了这个钢铁工业协会的项目，你就开始变得奇怪了。"

我没有说话。

"这就解释了你最近的心神不宁和昨晚的夜不归宿，对吗？"

我只能点头，不敢说话，我害怕我的声音会暴露什么。

她亲吻我的脸颊，温柔地说道："可怜的、累坏了的宝贝。"

珍妮有约会，所以只剩我们两个人吃晚饭了。我和玛吉讲了这一天发生的一切。她听了一会儿，神色变得凝重了。

我说完后，她问道："那你现在打算怎么办？"

我回答道："我不知道，看看明天的情况吧。要看我还能保留多少业务，同时我是否还能够保持公司的正常运转。无论如何，我必须尽量节省开支，我们已经负担不起现在这样的开销了。"

"你打算裁员吗？"她问。

"这是唯一的办法了。"我回答道。

她沉默了一会儿，轻声说道："真遗憾。"

我清楚她心里的想法，我说道："放心吧，他们会找到别的工作，亲爱的，这和我在经济萧条时期被解雇是不一样的，外面有很多工作。只是花了这么长的时间组建起来的一个团队就这样解散了，确实挺可惜的。"

她问道："克里斯怎么说？"

我知道她很重视他。我耸耸肩说道："我也不知他怎么想，他一大早就出门了，我一整天都没看到他。"

她说："这挺奇怪的，难道他知道公司发生的这一切？"

"说不准，"我说，"不过我觉得他是知道的。"我把心中的怀疑说给她听。

她惊呼道："这简直难以置信！"

我对着她笑道："野心是邪恶之源，它能够把人引入歧途。这种事情在社会上经常发生。"

她说："克里斯不会这样做的！你为他付出了这么多。"

"是吗？"我说，"可是从他的角度出发，他为我付出了那么多，现在是他想要收到回报的时候了。"

她仍然坚持自己的观点："我相信克里斯不是那样的人。"

我把椅子往后推了一下，说道："我也希望你是对的，宝贝，如果是我搞错了的话，我比谁都高兴。"

外面车道上传来了停车声。我问玛吉："是谁呢？"

玛吉说："估计是珍妮回来了。"

门铃响了，玛吉起身准备去开门。我招了招手示意她坐下，说道："你喝咖啡吧，我去开门。"

我打开门，来的人是保罗·雷米。我惊讶地看着他："保罗！你怎么来了？"

"我必须和你谈谈，"他说着走进了客厅，"你疯了吗？你这是在毁掉自己的一切。"

我接过他的帽子和外套，挂在衣帽架上。我避开他的问话，说道："我们正在喝咖啡呢，来一杯吧。"

他跟着我走进了餐厅。和玛吉打过招呼后，他对着我问道："我听说你和马特·布拉迪在争斗，是真的吗？"

我平静地说："不是争斗，我只是拒绝为他工作而已。"

他生气地说道："可我听说的并不是这样，我听别人说你把他赶出了你的办公室。"

我说："保罗，你是了解我的，我只是不想为他工作而已。他来过我的办公室，当时我很忙，并没有见他。"

保罗震惊地看着我，许久才缓过来嘲讽道："你不愿见他，你不愿见的人可是现在国内最具影响力的五大巨头之一啊。你绝对疯了。你知不知道他能让你明天就破产？你是不是疯了，布拉德？"

我说："保罗，说这话已经太迟了，今天他已经把我害惨了。我差不多失去了百分之六十五的业务。"

保罗吹了一声口哨："这么快？"

我点点头："你是怎么知道的？"

"皮尔森知道我是你的朋友，"他说，"他在取消项目之前打电话来问过这件事。我告诉他对此我一无所知。我只知道你正在争取钢铁工业协会的公共关系计划。"

消息传播得特别快，这件事已经传开了。我靠在椅子上思索着。他们是正确的。我是谁？我能和马特·布拉迪比吗？这就像是螳臂当车，是自不量力。

他看着我："到底是怎么回事？"

我干巴巴地说："布拉迪想要我加入他的集团。我跟他说我没兴趣为别人打工。"

我疲惫地闭上了眼睛。伊莱恩的身影在这一天中第一次出现在我的脑海里。这事我不能和任何人说，说了只会让现状变得更糟糕。如果让马特·布拉迪知道了这一切，他绝对不会放过我的。

保罗还在滔滔不绝地说着什么，他在为我出谋划策。然而他说的那些没有任何意义，哪怕是对他自己而言。过了一会儿，他也沉默了，我们一起无精打采地呆坐着。

这时他突然打了一个响指，大叫道："我想到办法了！找伊莱恩·舒勒！"

现在我的脑子完全清醒了，我问道："找她？"

他说："她是马特·布拉迪的侄女，很受他的疼爱，我让她替你去求情，就说你帮过她的大忙。"

我摇摇头："不可以，我自己的事情让我自己来解决。"

"别开玩笑了，布拉德，"他说，"她完全可以搞定那个老家伙的。"

"我才不管她能做什么！"我说着站了起来，"这是我和马特·布拉迪的事情，和她无关。再说我也不愿意躲在她的裙子后面求饶。"

这是玛吉说道："可是，布拉德，你确实为她做了不少事情。你不是常说'投之以桃，报之以李'吗？"

我说："这次绝对不行，我不想让她卷进来。"

"为什么，布拉德？"玛吉温柔地劝道，"现在的情况非常糟糕，她肯定会帮助你的。你说过你们互相都有好感的。"

保罗补充道："对啊，布拉德，伊迪丝说她从来没见过伊莱恩对哪个人有这么大的兴趣。"

我愣住了。我想试着说话，却不知道该说什么。所有的话都卡在了我的喉咙里。我的心里乱糟糟的。她在最后一次电话中说了些什么？或者是我说了些什么？我忘了。

就当我们从未相遇过吧。我们真是太傻了。你还想一错再错吗？我终于大吼了一声"不！"，随后走出了房间。

第二十章

群星闪烁，夜色冷清。我坐在台阶上微微地发抖，抽着烟，不想回去。通过灯火璀璨的起居室的窗户，我看到坐在餐桌前的保罗和玛吉仍在交谈着。

我的目光慢慢扫过整栋房屋、长长的车道、漂亮的花园，直至街道。我不知道如果我不得不关门的话，我现在的生活还能维持多久。

我算了下我的资产，已经支撑不了多长时间了。我所赚的一切都被重新投入到公司的扩张中。

一辆汽车在屋子前面停住了。我听到了年轻人说话的声音，接着传来了珍妮的脚步声。她快乐地唱着歌。我会心地笑了。孩子什么都不用担心，她们不需要管这些，无忧无虑，真好。

她见到我，立刻停住了脚步。她惊讶地大叫道："爸爸！你怎么在外面坐着？"

我对着她微笑道："爸爸出来呼吸一点新鲜的空气。"

她亲吻了一下我的脸颊，然后坐在我边上，悄悄地和我说："我没有和妈妈说礼物的事哦。"我没有说话。我差不多都忘了这件事。如果情况继续这样坏下去，我就无法完成这个承诺了。

我女儿是个聪明的孩子。她一下子就发现了我情绪上的异样。她看着我的脸，焦急地问道："怎么了？爸爸，你和妈妈吵架了吗？"

我摇着头回答道："没事，亲爱的，是爸爸生意上的问题。"

"哦。"听上去她似乎并不太相信。

我注视着她。我忽然意识到她不再是个孩子了。她是个女人，她有着女性独有的可怕直觉和不可思议的气质。"你问的问题很有趣。怎么会突然问这些呢？"

她没有直接回答，只是含糊地说道："没什么。"

我穷追不舍地问道："里面一定有问题。"

她没有看我："最近你的行为很奇怪，然后妈妈也是一脸愁容。"

我很想笑，却笑不出来。我无法愚弄任何人，只能愚弄我自己。"傻孩子。"我说。

她开始正视我，攥住了我的手臂。她看起来似乎相信了，说道："爸爸，我在报纸上面看到了那位舒勒太太的照片，她太漂亮了。"

我假装无所谓的样子："还行吧。"

她说："爷爷说她爱上你了。"

我心中暗骂了一句。爸爸怎么可以这样说？他应该理性一点的。我强装镇定地说："你了解你爷爷的，他认为所有的女人都疯狂地迷恋我。"

她思考了一会儿，说道："这也是可能的，爸爸，你还年轻呢。"

我朝着她笑道："你不是总抱怨我不懂得浪漫，是个唠叨的老古董吗？"

她固执地说："可是你有可能会爱上她，这样的事情确实会发生。我看过一部电影，克拉克·盖博……"

我赶紧打断了她的话："那只是电影，而且我也不是克拉克·盖博。"

她立马说："可是爸爸比他还帅气呢。"

我疑惑地看着她，她的表情很认真。一股暖流涌上我的心头，我大笑道："拍我马屁可没什么用。"

她瞬间又变回了孩子，带着她这个年龄独有的浪漫情怀，轻声说道："爸爸，假如她真的爱上了你，却一辈子都无法拥有你，那样就太可怕了！"

这句话瞬间戳到了我这几天一直不敢去触碰的痛处。童言无忌……

我站了起来。我已经受够了："先进去吧，保罗叔叔来了，他想见你……"

我没有睡好。夜风轻抚，掠过窗台，可这些已经无法为我的心灵带来安慰。清晨的第一缕阳光照射进了房间。在夜晚我无法找寻到答案，或许再冉升起的太阳可以给我指出明路。我闭着眼睛，迷迷糊糊地睡着了……

我先把保罗送去了机场，然后再去公司。他闷闷不乐，登机前还在请求："起码让我和她谈一谈。"

我摇摇头。

他盯着我看了一会儿："你和你那愚蠢的自尊心啊。"说完他伸出了手。

他温暖而友善地紧握着我的手。我们对视着。他真诚地说："我希望最后会有个好结果。"

我尽可能地做出一副很有信心的样子："没事的，车到山前必有路。"

他转身朝着飞机走去，回头喊道："祝你好运。"

"谢谢。"我说。他走路的样子无精打采的。我一时冲动，叫住了他："保罗！"

他停下了脚步，转过身来。

我微笑道："这只是第一回合，勇敢点。"

好一会儿，他的脸上没有任何表情，之后对着我笑道："你真是疯了。"他摇摇头，朝我挥了挥手。

我进办公室的时候，米琦正坐在打字机前疯狂地打字。"帮我接克里斯。"我说。

她朝着我的办公室点点头说道："他在里面等着你。"

我不禁挑了挑眉。他倒是没有浪费时间。我走进了办公室。他坐在我桌后的办公椅上。他在一张纸上书写着什么。他抬头看到我进来，起身就要离开椅子。

我戏谑地摆了摆手，示意他坐回椅子上。他疑惑地看着我。我没有说话，只是在一旁坐了下来，盯着他。

几分钟的沉默之后，他终于坐不住了。我看到他的脸上一片红晕。我依旧没有开口。

他清了清嗓子："布拉德……"

我朝着他微笑道："克里斯，椅子舒服吗？"

他像是碰到了滚烫的烙铁一样，猛地跳了起来。

我站起来，依旧面带微笑，彬彬有礼地说："克里斯，为什么你以前不跟我说你喜欢这把椅子？"

他的脸更红了。

没有等他回答，我继续说道："要是你早说的话，"我依旧用那种温和的语气说着话，绕过桌子，坐到自己的椅子上，"我们也可以为你买一把一模一样的椅子。"

他没有开口，脸上的红晕也在慢慢消失。看得出来他正在努力恢复平静。

他说："布拉德，你误会了，我只是想帮忙。"

我叫了起来："帮忙？帮谁？帮你自己？"

他的情绪有些失控，从我认识他到现在，这是我第一次见到他这样。"这里总得有人保持清醒的头脑！"他大声喊叫着，"你只关心你自己，你会拖垮整个公司的！"

他的反应让我感觉好多了。这样我们就能打开天窗说亮话了。这种偷偷摸摸在背后捅刀子然后假装斯文的生意手法是我最看不惯的。第三大道上的人一直都公开解决问题。

我问他："你昨天一整天都不见，去哪儿了？"

"我试图说服马特·布拉迪不要针对我们，"他说，"我去了他的办公室。我们达成了一个交易。"

我问道："什么交易？我已经丢失了大部分的客户，剩余的客户随时都有可能会离开。"

他冷冷地点点头："我知道，那天你拒绝见他时他就和我说了要搞垮我们。"

我站了起来，朝着他移动了几步："是谁把我们的客户名单给了他，以便他迅速地对我们下手？你是这样帮助我摆脱困境的？"

他脸红了："他需要这些做参考……"

我笑着绕过桌子，俯视着他："这个说法真是太弱了，克里斯。你不会真觉得我会相信吧？"

他抬起头看着我，声音冷酷而平静："我不在乎你信不信，我必须对这里所有的工作人员负责。我不能袖手旁观，看着大家的努力付诸东流。"

我讽刺道："真是高尚啊，犹大也会替别人着想。所以你得到你那三十个金币了吗？"

他睁大双眼，瞪着我，我从他的眼里看到了野心的光芒。我知道他认为我被击垮了。他说："只要你退出，布拉迪就会收手。"

我假装很感兴趣地问他："这就是你在电话里提到的那个匿名合伙人交易？"

他摇摇头："公司可以给你很公平的报酬。为了所有人的利益，你必须离开。"

我重新坐了下来，问道："公平的报酬？"

他迟疑了一会儿："五万。"

真是公平。这家公司一年的净利润超过十五万。我讽刺地问道："你居然会这么慷慨？"

"是够慷慨的，"他认真地说，"你要面对现实，布拉德，你要完蛋了。剩下的业务量赚的钱用来支付租金都不够，更不用说其他开支了。"

他说得对，但是我绝不屈服。如果公司破产了，那我宁愿关门。我绝不允许我千辛万苦创立起来的基业就这样拱手让人。

我问道："马特·布拉迪答应给你赞助了？这也是你们的交易？"

这次他没有回答。

我注视了他许久，他也看着我。我温和地说："克里斯。"

当他满心欢喜地倾身朝我走来时，胜利的光芒在他贪婪的眼中闪烁着。

"对于接受报酬然后让你接管公司的提议，我差点就想接受了，"我平静地说，"不过对于在这里工作的所有员工，我肩负着比你更重大的责任。这家公司是我创办的，也是我为他们提供了这些工作机会。对我来说，最简单的解决办法就是接受你的提议，然后去找别的事做。我会好好考虑的。"

他上钩了，显得有些急切："当然了，布拉德，你可以做任何事情。"

我尽量让他觉得我在犹豫，问道："真的吗？克里斯，你是这样想的吗？"我表现得还是很疑惑的样子。

他完全被我牵着走，并且为了想要保住这个结果而拼尽全力。他说道："布拉德，你是这个行业的顶尖人才，每家公司都想拉拢你过去。你的业绩就是最好的证明。看看你白手起家创造的辉煌吧。"

我说："克里斯，你说服我了。"

他站起来，带着胜利者的表情走了过来，拍着我的肩膀说道："布拉德，我知道你是识时务的，我跟布拉迪说过你会做出明智的决定。"

我故作疑惑地对他说："克里斯，你误解了我的意思。"

他的手从我肩头滑落下来，惊讶地看着我。

我继续说道："如果我真像你说的那么优秀，我就必须留在这里。我们可以克服困难的。我必须对我的员工负责，这份责任太重大了，我不允许自己像卖奴隶一样把他们卖掉。"

他说："可是，布拉德，我……"

我打断了他的话，冷冷地说："就算让我把自己的狗托付给你或者马特·布拉迪照顾，我都不可能放心，更不用说是我的员工了。"说完我按下了桌子上的蜂鸣器。

米琦通过内线转接过来："我在，布拉德。"

我说："通知所有的员工立刻到我办公室来，包括勤杂工。"

"好的，布拉德。"说完，她挂上了电话。

我转向克里斯。他似乎脚下生根，被定在了原地。我笑着说道："你还站在那儿干吗，宝贝？你以后不需要来这里了。"

他张了张口，想说些什么，接着改变了主意，朝大门走去。当他把房门打开时，我看到所有的员工都已经在米琦的办公室里等着了。我突然有了个想法，我叫道："克里斯！"

他转过身来，手还放在门把上。

我用能让在场的所有人都听到的音量一字一句说道："你自己告诉我的秘书，以后该把你的邮件转寄到哪里，是马特·布拉迪那儿还是魔鬼那儿？"我继续大笑着说道，"我觉得这两者似乎没有什么区别。"

第二十一章

我坐在桌子后面看着员工一一走出去。我保持着微笑，直到他们都离开。我的脸快要笑得抽筋了。

会议开得很成功。我把整个事件——从第一次会见马特·布拉迪到会议之前和克里斯的见面——简短地讲述了一下。我通知他们即将打响一场战役，对于战役的成败我无法做出判定。虽然现在局势严峻，但是如果我想要走出困境，就必须得到他们的支持。

我绝不能倒下，尤其是在当着所有员工的面对克里斯说出了那些话之后，我更加坚定了自己的信念。他们都表示会努力工作，说了很多鼓舞士气的话。还有一些人自愿提出减薪，直到我们一起渡过难关。

我做了一个谢绝的手势，也做好了以后真要这样做的打算。我和每一位员工握了手，他们便离开了。

非常好，我说了许多没有实际意义的话。我沮丧地低头看着办公桌。今天电话非常安静。平时这个点它们会一直响个不停。我自嘲地笑了笑。商界有句老话——当你的电话不再响时，你就是明日黄花了。这刚好就是我现在的写照。

内线电话突然响起。我懒洋洋地接起电话："谁？"

米琦的声音悦耳动听："舒勒太太到了，想问你现在有没有空看一下关于救助脊髓灰质炎患者的慈善活动的材料？"

我许久才说出一句："请她进来吧。"说完就挂上了电话。

门打开时，我站了起来。我极力压抑着自己内心的兴奋。她关上了门。

她站在门口看着我，眼睛里充满了关切的神色。她没有笑，只是缓缓地朝着我走来。

我一句话也没说，因为我说不出来。她的身上有某种东西始终陪伴着我。我全身所有的细胞都能感受到这个女人。

她仰起头看着我的脸，平静地说："布拉德，你的气色看起来不太好。"

我没有开口，只是安静地注视着她。

她问道："你都不打算和我打声招呼吗？"

"伊莱恩。"我终于开口了。我握住她的手。只是轻轻触碰到她的手指，我就开始有更多的欲望。我把她拉到我怀里。

她摇着头，从我手中抽出了手指，温柔地说："不，布拉德，都结束了。别再让它开始了。"

我说："我爱你，我不会让它结束。"

她小声地说："我犯了个错，布拉德，请你不要再让它发生了好吗？我只是你的朋友。"

我质问她："你不爱我？"

我从来没有见过如此痛苦的双眸，它们似乎在说些什么。她祈求道："布拉德，求你，放开我。"

我深深地吸了口气，回到椅子上坐了下来。我用颤抖着的手点燃了一支烟。透过吐出的烟雾，我看着她："伊莱恩，你为什么要回来？为了折磨我吗？"

看得出来，这句话深深地刺激到她了。我几乎看到她在我的眼前畏缩了一下。她用很不自然的声音说道："是我的错，如果不是我，你和我叔叔就不会争斗起来。"

我立刻说道："和你没关系，他甚至都不知道我和你认识。"

"我知道他的手中有一份关于你的资料，"她说，"就是因为这个原因，所以你那天晚上不愿意见他。你知道如果我和你一起过去，他就会发现真相。你是想保护我。"

我说："我是想保护我自己，我这样做完全是自私地考虑我自己。如果这件事被他知道了，我只会更加倒霉。"

她沉默了。

"你是怎么知道报告资料的事的？"我急切地问道，心里想着是不是桑德拉告诉她的。她已经知道了我情人的名字。她很容易把两件事情联系起来。

她回答道："马特叔叔告诉我的，他对你和他讲话的方式非常反感。他觉得他这样做都是为了你好。"

我嘲讽地说："上帝保佑我吧，让我摆脱马特·布拉迪的好意。

他要是再对我好一些，我肯定已经完蛋了。"

她坚持道："马特叔叔觉得如果你跟着他，绝对会前程似锦。"

"我在这儿就有一个辉煌的前程，"我说，"就是因为你那亲爱的叔叔关注到了这儿，所以我现在一无所有了。"烟头快要烧到我的手指了，我才将其熄灭。我继续说道："他确实是一位了不起的人物，前提是你没有冒犯他。"

她说："我可以和他谈谈。"

我赶紧说："不需要，谢谢，我对此没有兴趣。而且也已经来不及了。他已经把我最好的客户都撤走了。"我苦笑着说，"你的马特叔叔就是这么果断。"

她深吸了一口气："布拉德，我很难过。"

我站了起来："我并不难过，至少我不会为自己难过。在这个世界上，你想要得到什么就必须有付出。你不愿意付出就什么都得不到。微小的痛苦换来微小的幸福，而巨大的付出就能换来巨大的幸福。所有事都是公平的。得与失之间存在某种平衡。"

她站起来，声音里带着一种冷漠的蔑视："你已经放弃了。"

我惊讶地说："你什么意思，我放弃什么了？我能怎么做？去告他？"

她的目光冰冷："看来马特叔叔要失望了，我能感觉到，他还在期待着与你的决斗。"

我大声问道："我拿什么和他决斗？火柴棍吗？他撤走了我大量的客户，断绝了我绝大部分的资金来源。"

"我手上有一笔钱。"她说。

我简短地说："你留着自己用吧。"

"可是我想帮你，布拉德，就不能让我做点什么吗？"

我看着她的眼睛，摇头说："我不知道，伊莱恩。我担心的是现在谁都帮不上忙。我们这一行有个不成文的规定，而我把它打破了。你的感觉不重要，客户永远都是对的。现在不会再有人向我靠拢了，因为他们害怕自己被殃及。"

她问道："钢铁工业协会的其他成员怎样？我认识其中的一些人。他们对你的计划也很感兴趣。"

我大笑道："我觉得你叔叔已经控制了他们。"

她问道："你不试试怎么会知道？我了解他们，他们中的大部分人都不太喜欢马特叔叔。"

她的话有些道理，这个方法可以试一试。我拿起电话问道："谁最不喜欢他？"

她兴奋地说："独立钢铁公司的理查德·马丁。你准备给他打电话吗？"

我点点头，通知米琦去帮我接通他的电话。我安静地等着。

她眼睛一亮，微笑着说道："太好了，我们早该这样做。"

我笑了起来。真是一个了解我心思的女孩。她做的每一件事都符合我的心意，就连解决问题的方式也和我一样。她拿出了香烟盒。金色的盒子在我眼前闪闪发光。我走过去为她点燃香烟。她抬头看着我，淡蓝色的烟雾在她脸颊边上缭绕。

我低下头对她笑了笑："如果你不是我爱的人，我一定会邀请你做我的合伙人。"

她微微一笑，告诫道："你最好还是小心一点，我或许会接受你的邀请。这样你永远也没办法甩掉我了。"

我说："的确是个好主意，反正想要逃跑的人又不是我。"

她唇边的微笑消失了："我们就不能成为朋友吗，布拉德？"

我盯着她看了很长时间，她慢慢地觉得不自在。她将视线从我的身上转移到了地板上。"不可以吗，布拉德？"她小声地重复着。

我缓缓地说道："也许可以，等爱消失以后。"

她抬起头望着我。看着她受伤的眼神，我心中躁动不安。我想伸手抹去她眼中的痛苦，可我没有动。

电话铃声响起，我走到桌后面接起电话。在我接电话的时候，我的视线依旧停留在伊莱恩身上。米琦告诉我，马丁出去吃午饭了。我让她等会儿再试试，便放下了电话。

我说："他出去用餐了。"

她黯然伤神地说："哦。"又低头看着地板。

我突然叫道："伊莱恩。"

她仍然低着头，无精打采地问道："怎么了？"

"但是爱还没有走远，伊莱恩。"我说。她抬头看着我，我知道她再也无法对我隐瞒真实情感了。

她眼中的伤痛终于消失了。

第二十二章

我们来到科罗尼餐馆用餐，侍应生在门口接待我们。他低声道："罗恩先生，我给你预留了一个位置不错的餐桌。"

我一眼望去，这里已经挤满了人，这小子真是个油腔滑调的家伙，所有的位置都被他说成了"位置不错"。他带着我们来到一张廉价座位的餐台前，距离餐馆的前部很远，再多走上两步就到十六大街了。我怀疑他也听到了关于我的传言。我来这儿的次数非常多，还从来没被领到过这么差劲的位置。这个年轻人整天想着讨好尊贵的客人。

我坐下来的时候，不禁笑了起来。要是我没记错的话，我从来没赊过账。

伊莱恩不解地问道:"你在笑什么?"

我说给她听,听完后她也大笑起来:"这可真是可笑啊!"

我严肃地摇着头,说道:"这座城市的生活方式就是这样,消息肯定已经传开了,所有人都知道罗恩破产了。"

我们还在继续笑着,身后突然传来一个声音。"伊莱恩·舒勒!"那人大喊道,"你怎么会在城里呢?"

我只能站起身来,一个礼貌的微笑在我的嘴角挂着。那是一位迷人的、颇显年轻的中年女士,她朝我们微笑着。我瞬间认出了她的身份,心中不由得暗骂起来。早知道就不应该来这里。她是一家通讯社的社会专栏作家。明天一早我们很可能就会出现在国内一半以上的报纸上。一条新鲜有趣、不容错过的消息。马特·布拉迪的侄女和他的对手共进午餐。

过了几分钟,她终于走了,我看向伊莱恩问道:"你能明白这意味着什么吗?"

她对我点点头。

我说:"你叔叔知道了会生气的。"

她淡淡一笑。她的手伸过桌子轻轻地放在我的手上。"我和你在一起,毫无怨言。"

我们回到了办公室。在等待马丁的电话时,她给了我一些有关马特·布拉迪和钢铁行业的背景资料。这简直就是一个传奇。那些家伙玩得太过火了。和他们相比,我班子里的人就像业余选手。我觉得,他们所有人都至少欺骗过其他人一次。很多人都多次使用欺骗的伎俩去戏耍对方。这些行为看上去就像他们热爱的户外运动。我猜他们可能从没听说过什么是"性"。

要么是这样,要么就是他们都非常谨慎,至少他们从来没有被抓到过。难怪马特·布拉迪会警告我。无论是否出于自愿,他们这些人都遵守着规则。他们不愿去冒险。

我的私人电话响了起来，我拿起电话，是玛吉打来的。"进展如何，亲爱的？"

我隔着电话对着伊莱恩笑了笑。"有转机了，舒勒太太今天上午来过。她愿意帮我，我们已经在想对策了。"

玛吉问道："她要找她叔叔谈吗？"

我立刻回答道："不，你了解我，我不会那样做的。我们准备和委员会其他成员联系，她会和我一起争取除了马特·布拉迪之外的人。"

她失望地说道："哦。"

我有些急切地说："我倒是更希望这样做。"

她的声音里有了一丝很微妙的变化："那克里斯呢？"

我简单地和她讲了上午发生的事情。我说完后，电话那头依旧沉默不语，我焦急地问道："你还在听吗？"

她的声音很沉闷，说道："我在。"

我问她："那你为什么不说话？"

她回答道："因为我实在不知道该说什么，我没想到克里斯竟然会……"

"不要再提他了，"我说，"这种事情早就发生过。他一直都是个卑鄙的家伙。"

她有些犹豫地说道："布拉德。"

"怎么了？"

"要不接受他的建议吧。如果你失去了这些客户，那我们就什么都没有了。"

"你太天真了，玛吉，"我说，"我要是真的接受了他的建议，那我就完蛋了。那笔钱完全不够养活我们一辈子，而且之后再也不会有人要我，因为没人会要一个半途而废的家伙。"

她换了个话题："今天早上小布拉德给我回信了。"

我说："好的，他怎么说？"

"他觉得自己好多了，很可能下周就能回去上课了。"

我说："太好了，我就说他会没事的。"

"我也希望这样，"她说，"但是我不知道。我很担心，好像现在所有的事都不太顺利。"

我说："不要担心了，再担心也没有用。"

"我知道。"她回答道。

我想开玩笑缓和一下气氛："好事多磨嘛。"

但并没有起到作用，她认真地说道："这就是我所担心的。"

"玛吉！"我大喊道。我已经没有耐心了，她今天究竟是怎么了？"不要再说了！"

她的声音微微有些变化："你是一个人吗？"

"不是。"

"舒勒太太和你在一起？"

我简单地回答道："没错。"

她沉默了一会儿，不无嘲讽地说道："亲爱的，记得和她说一声，我们非常感谢她的帮助。"

她把电话挂了。我赶紧看了看伊莱恩。她正注视着我。我怀疑她已经听到了玛吉说的话。我干脆将计就计。

"再见。亲爱的。"我对着挂断了的电话说道，然后转向伊莱恩，"玛吉说谢谢你的帮助。"

"你太太不喜欢我？"

我不自在地笑了笑："怎么可能？她都不认识你。"

伊莱恩低着头看着自己的手指，说道："我不怪她，换成是我，我也会有一样的感觉。"

谢天谢地，电话铃响了。是马丁的来电，他的语气非常冷淡。他清楚地记得我。不，他对继续推进公共关系计划不感兴趣。当然他说这是他个人的意见，不代表其他委员会成员，但是在发生了之前的那些事后，他怀疑他们是否还会有兴趣。

我问道："发生了什么事？"

他的回答像一盆冰凉的水浇在了我的希望之火上面。"联合钢铁集团今天从协会退出了，另起炉灶。"

我挂断电话，看着伊莱恩。我努力地笑着："你叔叔做得很绝，他已经把联合钢铁集团从协会中撤出了，其他人已经没有足够的钱来完成这个计划了。"

她沉默了一会儿，说道："布拉德，让我去和他谈一谈吧，他会听我的。"

我疲倦地摇摇头："再想想其他办法吧。"

她沮丧地问道："还有什么办法？"

我靠在椅子上，看着她："我也不知道，但是总会有解决的办法。你刚刚不是正在讲关于钢铁行业和你叔叔的事情吗？你继续讲吧，说不定我能从你的讲述中得到启发。"

她一边讲，我一边听，时间很快就过去了。直到六点时，她说的一个情况引起了我的注意。刚才我一直都是背对她坐着的，看着外面慢慢暗下来的天空。我转过身来。

她提到了她的丈夫，说他知道了联合钢铁集团协同政府解决反托拉斯案件的一些内幕，想要找布拉迪聊一聊。

我问道："什么内幕？"

她说："我也不清楚，戴维就提到过一次，他似乎很生气。"

我接着问道："他和你叔叔谈了吗？"

她的眼中闪过一丝痛苦的神色，说道："我想没有，这件事发生在他得病前的几周。"

我有个预感。我不知道自己会发现什么，但是我只能顺着这里继续探索下去。我给在华盛顿的保罗打了一个电话，他正准备离开办公室。

我省去了平时的寒暄，直奔主题问道："联合钢铁集团是怎么解决反托拉斯案件的？"

他回答道："协议解决，发生什么了事吗？"

我继续问道："有什么反常的地方吗？"

"没有，"他回答道，"只是一起普通事件。联合钢铁集团同意不再干涉竞争者的业务运营。"

"我知道了，"我说，"你知道是谁负责的案件吗？"

他回答道："我不知道，但是我可以查一下。这件事很重要吗？"

我说："我感觉这件事不一般，希望我是对的。如果我错了的话，我就完蛋了。"

"好，明天早上我给你打电话。"他说完便挂上了电话。

伊莱恩兴致勃勃地看着我："你是不是想到什么办法了？"

我摇摇头。"我只是想试试运气，"我说，"不过我已经不能再输了。现在你把你知道的所有细节都讲给我听，尤其是你丈夫为什么会提到这件事。"

她的眼中重新出现了一层阴影，她开始讲述整件事的过程，我细心地聆听着。

当我们走在麦迪逊大道上时，天色已经黑了。我看了看表，八点半。我牵着她的手问道："走一走吗？"

她点了点头。我们差不多走了一个街区，她终于开口说话了："你心里在想些什么，布拉德？"

我笑了笑，撒谎道："我觉得有希望了。"

她抓住了我的胳膊："布拉德，你说的是真的吗？我太开心了！"

我停下脚步，注视着她。如果说谎能让她开心，那我宁愿一直说谎："宝贝，我就说你会给我带来好运的。"

她的眼神黯淡了下来："上次就没有带来好运，布拉德。"

我马上说道："上一次不算，那件事情和你没关系。这次才算。是你帮助我，让我有了转机。如果没有你，我连机会都没有。"

她没有说话，我们就这样安静地走过了好几个街区。在寒冷的夜风中，我们有了吃点东西的想法。我停下脚步，问道："我肚子饿了，我们去吃晚饭吧。"

她平静地看着我："布拉德，我想最好不要这样。"

我冲她大笑："怎么了？还会怕我吃了你吗？"

她摇着头。"不是因为这个，"她热诚地说，"我只是觉得这样对我们彼此都不好，没其他意思。"

因为有她陪着我，我已经暂时忘记了痛苦，现在我的心又开始有些隐隐作痛了。我生气地问道："吃个饭怕什么？你和我在一起一整天了，不是一样什么事都没有吗？"

我们四目相对，她眼睛深处依旧燃烧着激情的火焰。"布拉德，现在的情况是不一样的。之前我们一直在谈论工作的问题，现在我们已经没有待在一起的借口了。"

我质问道："我们在一起为什么需要借口？"

她不想回答这个问题，只能低声说道："求你了，布拉德，我累了，不想为了这个事争吵。"

我没有再说话，挥手拦了一辆出租车，把她送回了旅馆，然后再让司机把我送到我的车库。我开车回家了。

我到家时已经十点了。玛吉正在看报纸。我看到她抬起头看我的表情时，我就知道她生气了。我走到她身边，俯身亲吻着她的脸庞，她却把脸转向了另一侧。

我抗议道："嘿！你就是这样迎接一位从战场归来的疲惫战士的吗？"

"战场！"她冰冷地说道。我不喜欢她玩弄文字游戏，这样使她看上去像个妓女，不过我不想去计较这个。

我给自己倒了一杯苏格兰威士忌，接着兑了点水。"我一直工作到现在。我想我们已经找到解决问题的办法了。"

她讥讽道："我们？你说的是谁？你和舒勒太太？"

我盯着她说道："够了，玛吉，你到底怎么了？"

"你太过全神贯注于你们两个人的计划了，以至于连不能回家吃晚饭都忘了和我说。"

我赶忙用手掌拍了拍额头，带着歉意对她微笑道："老天！我忘记了。对不起，宝贝，我实在太忙了……"

"你对她就不会说太忙了。你不需要把太多精力放在你的……"

我愤怒地说道："够了，玛吉，昨天你还叫我去找她帮忙。现在她愿意帮忙了，你又发脾气了。我搞不懂，你到底要干吗？"

她怒气冲冲地说："我什么都不要！我就是不喜欢你做的事！"

我无助地摊了摊手，问道："那你要我怎样？我的头快要炸裂了，而你却在为没有打电话的小事情和我大发脾气！"

她站起来冰冷地说道："如果这事对你并不重要，那就当我什么都没说。"

这下我真的发火了。我大吼道："你把我当成什么了？小孩子？每隔十分钟就必须向你汇报一次？别烦我！我现在已经够烦的了！"

她惊呆了，站在原地，脸上渐渐没有了血色。她转过身，一言不发地上楼了。

我在起居室坐了一会儿，喝了一杯就上楼了。我推了推门，完全打不开。我转动门把手，门被反锁了。

我敲着门说道："嘿！"

她没有理我。

我再次敲门。房间里没有任何声音。我无奈地看着房门，不知道该怎么办。这是她第一次把我锁在房外。

我像个傻子一样呆呆地站在门口，等了很久，最后我愤怒地走下了楼。我穿着极不舒适的内衣裤在客房里睡了一晚。

第二十三章

客房里的剃须刀已经钝了，浴室里的水压也不稳定，而且我怎么都无法把水温调节好，只能用客用的小浴巾擦拭着身子。医药箱里没有牙膏，只有牙粉，清洗眼睛的眼药水也已经快用完了。

我深呼吸了一下，勉强把小浴巾裹在身上，光着脚走过大厅，来到卧室。玛吉已经离开了房间，而我的衣服并没有像往常那样整齐地放在床上。

我翻遍了所有的抽屉和柜子，总算找到了一身我觉得还可以的衣服。赶紧穿戴好以后，我便下楼了。

我来到餐厅。桌子上没有为我准备的橙汁，而我的报纸则乱七八糟地散落在玛吉的椅子边上。我捡起报纸，坐了下来。正要翻到金融版，社会专栏里的一篇文章突然引起了我的注意。

> 霍腾斯·伊莱恩·舒勒夫人，马特·布拉迪的侄女，华盛顿社交界大名鼎鼎的人物，总算从去年悲痛的阴影中解脱出来了。您或许还记得，脊髓灰质炎在短短的几周内就残忍地夺走了她的

丈夫和一对双胞胎孩子的生命。我们碰巧遇到她和一位极其有魅力的男士在科罗尼餐馆共进午餐。经过调查，我们得知他的名字叫布拉德·罗恩，一位专业的公共关系顾问，有消息传出，他正在为救助脊髓灰质炎患者的活动做策划。如果说伊莱恩那甜美的笑容能说明问题的话，我们可以确定他们的共同兴趣不仅仅是在工作上面……

报纸在这个栏目的地方刚好有个折角，所以我一下就看到了。我愤怒地翻看着财经版块。没有任何有用的内容，我还是把它丢到垃圾箱里吧。但我突然瞥见了一行小小的标题：

克里斯·普洛克特被任命为马特·布拉迪联合钢铁集团的公共关系特别顾问

我把报纸丢到了地上。见鬼，我的橙汁哪儿去了？我大叫道："玛吉！"

厨房的门开了，黑脸庞的沙莉走了出来。"罗恩先生，我没有听到你下楼的声音。"

"太太呢？"

"她出门了，"沙莉回答道，"我去帮您拿橙汁。"她朝着厨房走去。

我正在等待橙汁，珍妮走了过来，她的脸上带着一丝顽皮的笑容，说道："爸爸，如果赶时间的话，我就让你来开车，我到了学校门口就下车。"

我完全没有了耐心，严厉地说道："天哪！你就不能和其他孩子一样搭乘校车吗？你比他们高贵吗？"

她的笑容消失了。她注视了我一会儿，脸上隐隐流露出一丝受伤的表情。这是她在孩童时期有过的表情，她沉默地走出了房间。

一秒钟过后，我起身去追她。我听到了她关门的声音。我迅速跑去打开门，看到她沿着车道奔跑。

"珍妮！"我在她身后大喊。

她没有回头，一下子就跑出了车道，在私家草坪的围栏后面消失了。

我把门关上，慢慢地走回了餐厅。我的橙汁在桌上放着，我端起来喝了一小口。感觉味道不怎么样。今天早上真不顺心。

沙莉走了进来，鸡蛋蒸得金黄透亮，面包上面抹好了牛油，培根松脆。她把早餐端到我的面前，为我倒上了一杯咖啡。

我看着早餐。我记得我以前说过——早餐的鸡蛋让每一天都像是星期天。我这是怎么了？我把椅子推开，站立起来。

沙莉疑惑地看着我，关切地问道："罗恩先生，您不舒服吗？"

我看了看她。屋子里显得格外冷清空旷，似乎所有的爱都悄然逝去了。"我不饿。"说完我走出了房门。

上午特别漫长，办公室里十分安静。整个上午我接到的电话不超过四个。午饭时间快要到来时，伊莱恩打电话来了。

她的声音似乎有些沙哑。"你似乎状态不太好，昨晚睡觉了吗？"她问道。

"睡了。"我回答。我怕她把电话挂了，赶紧问道："你睡了吗？"

她说："我非常疲惫，今天早上你看到南恩·佩吉的专栏文章了吗？"

"嗯，看了。"

"那你太太看到了吗？"她问道。

我苦涩地笑了笑："我想她应该看到了。今天早上我醒来就没见到她。"

她说："马特叔叔也看到了，他给我打了电话。他非常生气，他叫我别再见你，说你只是一个冒险家罢了。"

我感兴趣地问道："那你怎么说？"

她立刻回答道："我和他说，我想和谁见面就和谁见面。你觉得我会说什么？"

我没有去和她挑衅的语气计较。我突然想到了个办法："他很心痛，对吗？"

她说："的确，他从没对我发过这么大的火。"

我说："好极了，我要继续激怒他。我们来段风流韵事。"

她的声音一下子低了下来："布拉德，求求你。让这件事情结束吧。我不可以再这样下去。"

我说："现在只是让报纸去炒作这件事，我要把你叔叔气炸，朝我发火。这样他才有犯错误的可能。"

我听到了她深吸了口气。她说："不可以，我不能这样，他对我一直都很好。"

"好吧。"我用平静且又苦涩的声音说道。

"布拉德，请你试着理解我一下……"

我打断她，假装误解了她的意思："我只知道你现在已经不爱我了。但是没关系，宝贝，我不怪你。"

我几乎能从话筒里感觉到她的颤抖。我沉默不语。过了一秒钟，她开口说道："好吧。布拉德，你要我怎么做？"

我极力克制着自己内心的喜悦，尽量保持平静地说道："穿上你最漂亮的衣服。今天下午你召集新闻界人士参加鸡尾酒会，来宣传你的慈善活动。"

她的声音显得有些诧异："就这样吗？这也太简单了。可是你刚才说得那么可怕……"

我打断了她的话："这有利于你的慈善活动，同时还能帮助我。我安排好之后再给你来电。"

我挂上了电话，等了一会儿，接着再次拿起电话。我对米琦说道："舒勒太太今天下午五点要在斯托克面向新闻界举办一场鸡尾酒会，是关于救助脊髓灰质炎患者的慈善活动的，安排好一切，出动所有的工作人员，保证这座城里所有的专栏撰稿人和摄影记者都来参加酒会。"

我刚准备放下电话，突然想起一件事。"把我们自己的摄影师也派去现场，"我说，"我们要把局势控制住，调转风向。我准备让晨报和所有的新闻机构都报道这件事。"

米琦干净利落地回答道："好的，老板。"我听到米琦那边蜂鸣器的响声。过了一会儿，她说："老板，保罗的电话。"

我按下接听按钮，说道："保罗吗？有内幕消息了吗？"

他说："是的，一名叫李维的年轻人和这个案子有关系。"

我问道："你认识他吗？"

保罗回答道："不认识，案子结束后他就辞职了，去了纽约州的沃平杰尔福尔斯。"

"沃平杰尔福尔斯？"我重复道，我感觉这事不对劲，"这太离谱了。"一般情况下，这些人在做过大买卖后是不可能回到乡下的。他们一般会选择去大公司，找那些既轻松又赚钱的工作。

"现在似乎没有什么人知道他的情况了，"保罗说，"但是他一直被视为部门最有前途的年轻人。他曾经是哈佛法学院的优等生，擅长于处理集团公司反托拉斯案件。这是他的第一宗大案。"

我问道："他为什么不起诉？"

他说："这个我也不知道，有可能是部门政策。"

"他的全名叫什么？"

"罗伯特·M. 李维。你准备做什么？"他好奇地问道。

我说："我准备朝风中吐口水，我希望它能飘落在马特·布拉迪的脸上。"

我放下电话，再次按下按钮。米琦的声音传来。我看准桌子上的时钟。一点过一刻。我说："找出纽约州沃平杰尔福尔斯的位置和去那里的路线，再给车库打电话，让他们把我的车准备好。然后给我家里打电话，通知玛吉把我的深蓝色西装和与之相配的衣服送到办公室来，和她讲我回头再给她解释清楚。"

取完车后我赶紧吃了一个三明治。不知道是因为兴奋还是刚刚匆忙吃下的三明治，我的胃有些不舒服。无论如何，这都比前几天心一直在往下沉的感觉好受多了。

第二十四章

两点半的时候我来到了沃平杰尔福尔斯，这是个小镇。要不是我注意力集中，我差点就在两点三十一分离开了这个小镇。我踩下了刹车，把车停在了路边的一排商店门口。

我下车看着前方的街道。那里有几座两层高的办公楼。我迅速地查询了所有楼层里的住户名单。并没有找到罗伯特·M. 李维的名字。

我回到街上，摸着头不知如何是好。一个曾在大公司里任职且年轻有前途的律师，绝对不可能主动选择来这样偏僻的鬼地方发展业务。我看到一个警察在街上走，于是朝他走了过去。

我说："警官你好，能帮我找一个人吗？"

我早就知道北部的纽约州人要比新英格兰人更加沉默寡言。而这个警察并没有让我改变这个看法。他把自己的帽子向后挪了一下，将我从头到脚地打量了一下，才缓缓开口道："嗯？"

"我想找一名律师，他的名字是罗伯特·M. 李维。"

他静静地站在那儿想了一会儿："这附近没有叫这个名字的律师。"

我说："一定有的，华盛顿的人和我说他在这里。我开车从纽约到这儿来，就是为了找他。"

"你是说纽约市。"他说。

我回答道："没错，纽约市。"

"嗯，这个天开车兜风是挺不错的。"他的嘴里含着一根卷烟，来回转动着，烟从他的鼻孔慢慢冒了出来。他问道："你找他干吗？"

我觉得他肯定知道李维在哪儿，于是我骗他说："我为他找了份好工作，非常棒的工作。"

他敏锐地看着我："城里会缺律师？"

我回答道："当然不是，不过李维被认定为律师界最年轻有为的一个。"

他看了一眼我停在街边的车，回头看着我说道："我们这里没有律师叫这么个名字，但是这里有一个叫鲍伯·李维的人。战争时期他是欧洲盟军司令部的飞行员，打落了十一架日本飞机。听说他后来在华盛顿待过一段时间。你是找他吗？"

这个线索非常重要。我立刻说道："是的，就是他。"我点了一根烟。这个李维绝对是个人物。关于他的消息我知道得越多，就越是无法相信他会选择在这里度日。"我要怎么找到他？"

警察指了指街边。"你看到那边的拐角了吗？"我点了点头，他继续说道，"对，你在那个拐角转弯然后沿着路走到头就行了。你可以在那里看到一块牌子，上面写着'克里斯特犬舍'。他就在那里。"

我对他表示感谢之后回到了车里。我在他说的拐角处转弯了。这是一条土路，我大概开了一英里半的路程。正当我怀疑自己是不是被戏弄了的时候，顺着风传来了一阵狗吠声，我刚转过一个弯道，就看到了道路的尽头。

我看到了那块白色的牌子，克里斯特犬舍。下面写着这样的话："猎狐犬——威尔士㹴犬。出售幼犬。鲍伯·李维夫妇所有。"

我走下车，来到一座小房子旁，它背对着公路。在屋子后面，我看到犬舍的周围被铁丝网围住了，能听到一阵阵的狗吠声。边上停着一辆福特客货两用车。那是辆四九款的车。我按下了门铃。

房门的铃声响起的同时，犬舍的铃声也响了。所有的狗就像得到了命令一般，疯狂地叫了起来。在阵阵狗吠声中，我听到了一个男人的声音。

他叫喊道："绕路到后面来。"

我走下台阶，绕过房子向着犬舍走去。走道打扫得很干净，草坪刚修剪过，花圃也刚整理过，土壤被翻过了。

"这里。"男子的声音传来。

我隔着铁丝网朝里面看去。一个男子坐在地上，他正在护理一个女子手中托起的小狗。"我这就过来。"他愉快地说，但是没有抬头。女人没有说话，只是微笑地看着我。

我倚在栏杆上看着他们。他正在使用长棉签清理着小狗的耳朵。他全神贯注地眯着双眼。过了一会儿，他喃喃着站了起来。女人把小狗放下，它快乐地朝着伙伴的方向奔去。

"耳朵里有只虫子，"男人说道，然后看了看我，"必须注意卫生，否则谁也不知道会发生什么。"

我微笑地说道："人的耳朵里也会有虫子，但是这种时候清理他们的耳朵可没有用，必须洗洗他们的嘴巴。"

男人的眼中闪过一丝警觉的神色。他看了一下边上的女人。她沉默不语。我注视着她，这才注意到她的容貌有一种东方人的气质。"请问有什么需要效劳吗，先生？"他问道，声音没有带任何感情色彩，"需要买小狗吗？"

我摇摇头："不。我在寻找罗伯特·M.李维。他以前是华盛顿司法部的一名律师。你是这附近唯一叫这个名字的人。你就是那个人吧？"

他们俩互相朝对方看了一眼。女人开口道："失陪一下，我还有事。"

我给她让了条道。我看着她走了出去。她走路的样子也带着东方人的特点——小碎步。我转头看向男人，等待他开口。

他的目光一直停留在女人身上，直到她走远。他的双眼带着一丝痛苦的古怪的神情。他看向我，眼中似乎蒙上了一层纱，遮掩着他的真实感受。"你为什么这么问，先生？"

我不清楚这名男子遭受到了怎样的折磨，但是我不想去加深他的伤口。他的身上有吸引我的东西。"我想要你提供一些信息和建议。"我说道。

他看了看我的车，又看了看我，说道："先生，几年以前我就已经改行了，不再是律师了，恐怕我帮不了您。"

我说："我感兴趣的不是法律，而是历史。"

他看上去十分疑惑。

我解释道："我想向你打听一下你之前为政府办理的一个案件的情况，是关于联合钢铁集团的一个反托斯拉的案件。"我点了一支香烟，仔细地观察着他，"我打听了，是你负责调查这个案件。"

他的眼中闪过怀疑的神色，问道："你问这个想做什么？"

我说："不做什么，我保证，只是它或许与我正在做的事有关系，所以我打算来见见你。"

"你是名律师？"他问道。

我摇了摇头。我的直觉告诉我，跟这个人打交道最好小心一点，否则他会闭口不谈任何事。"我是一名公共关系顾问。"我一边说，一边递给他一张名片。

他仔细地看了看，然后递还给我，问道："你怎么会对这个案子感兴趣，罗恩先生？"

我做出了一个大胆的回答："我总共花了八年的时间，才建立起了你在名片上看到的那份事业。而实际上，在之前的很长一段时间里，我也在为创业做准备。"

我吸了口烟，观察着他的表情。他看起来有些被打动了。我接着说道："我曾经接手了一个行业的大买卖。我提供的建议非常有见解，我非常成功地把自己推销了出去。我知道自己胜券在握。接着有个家伙把我请到他的办公室，他说给我准备了一份年薪六万的工作。有了这样一大笔的收入，我可以随便买自己想要的一切。但是有一个问题。"

我再次停顿，看了看他的表情。非常好，他在听着。他问道："什么问题？"

我抽着烟慢悠悠地说道："我必须欺骗这个交易中的其他人，抛弃那些为我工作过并帮助我取得成就的人。我还要背叛我的朋友。"

我把烟蒂丢到地上踩灭了。"我只能和他讲，我不能接受他的这份工作。这件事就发生在几天之前。

"现在我遭到了他的报复，濒临破产。我被他拉进了黑名单，丢失了大量业务。我的预感指引我来到这里，我想抓住这最后一根救命的稻草。在我和你交谈的时候，我能感受到，你曾经也遭受过同样的事情。想知道他的名字吗？"

他的眼中带着恍惚的神情。他深吸了一口气，声音中带着刻骨的恨意回答道："你不用和我说，我已经知道他是谁了。马特·布拉迪。"

我问道:"你知道他的底细,对吧?"

他缓过神来,和我对视着说道:"罗恩先生,在太阳底下站着挺热的,我们进屋谈吧,我妻子煮的咖啡非常棒。"

第二十五章

他的妻子煮的咖啡确实像他所说的那样,又黑又浓,而且看起来很清澈,不像其他人煮的咖啡那样浑浊不清。我们坐在厨房里愉快地聊天,享受着窗外吹送来的阵阵清凉的微风。

他的妻子是一名欧亚混血儿,一半德国血统,一半日本血统。他是在美军占领东京时和她相遇的。她的美是一个奇特的结合:杏仁眼,瞳孔却是蓝色的;黄金色的皮肤,但是双颊又像日耳曼人那般带有浅粉红色;浓密的黑色秀发如同波浪一般顺着她高高的颧骨柔软地披散在纤细的颈部。

他们仔细地聆听着我讲述自己和马特·布拉迪争斗的故事。在我讲完的时候,他们怪异地对视了一眼。

李维表情淡漠地说道:"罗恩先生,你为什么确定我们可能会帮到你?"

我无奈地摊开了手,坦白道:"我不确定,我只是抱着侥幸心理来这儿碰碰运气。"

他安静地注视了我一会儿,最后把目光停留在咖啡杯上。他和气地说道:"罗恩先生,我不想让你失望,但是我真的想不起什么了。"

我感觉他并没有说实话。在我提到马特·布拉迪的时候,他表现出了浓厚的兴趣,他的声音里充满了仇恨。他在害怕什么。这一点我可以肯定,但是我无法确定他害怕的东西是什么。反正事情已经明了了。他被布拉迪抓住了某些把柄。

他在调查联合钢铁集团的时候，肯定发现了某些让布拉迪感到不安的隐情。我想到了在这样的情况下布拉迪或许会做的一些事。首先他会找到这个人的弱点，然后进行攻击，直到这个人妥协。他用这种办法对付我，也一定用这个办法对付过李维。如果不是这样，李维怎会莫名其妙地放弃前程似锦的工作，选择在这种小地方归隐呢？

我不甘心地说道："这里面肯定还有隐情。据我的了解，你负责联合钢铁集团的案件。这个案件的内幕，除了布拉迪之外，你是最清楚的。"

他和他的妻子再一次怪异地对视了一眼。"对不起，我什么都不知道，帮不了你。"他依旧没有改口。

我站立起来，我的脑子一片空白，身体也因为绝望而产生了虚脱的感觉。我已经完蛋了，但是我始终不愿意承认这个事实。我努力挤出一丝苦笑，说道："他将你也控制住了。"

李维没有说话，他抬起头用一种难以捉摸的眼神看着我。

我在门口停了下来，回头看着他，嘲讽道："你这里还需要合伙人吗？是不是马特·布拉迪为你准备的这些狗，再把你也扔了进去？"

他的眼中闪着怒意，大吼道："是我自己想养狗的，它们比人好多了，它们不会背叛我。"

我走出了门，穿过进门时的那条整洁的走道，开车回城。在我开到离主干道不到一半的路程时，身后传来喇叭声。我抬头看后视镜。是李维的妻子，她开着那辆客货两用车追来。我把车子往右边靠，给她让了道。

她的车驶到我的前方，扬起一阵尘土，拐了个弯停下来。我跟着她慢慢地也绕了个圈，踩下刹车。客货两用车停在路边，她在车旁朝我挥手示意。我在她前面缓缓停下来。

她用奇怪的口音说道："罗恩先生，我必须和您谈谈。"

我为她打开了车门："好的，李维太太。"

她钻进车内，紧张地点了一根烟，有些急切地说道："我丈夫想帮你，但是他很害怕，他怕你也是布拉迪派来的一个眼线。"

我大笑起来。

她说："罗恩先生，这并不好笑。"

我笑不出来了。这肯定不好笑，只有蠢货才会在葬礼上大笑，而且那还是他自己的葬礼。我向她道歉："不好意思，李维太太，我不是故意的。"

她用眼角的余光瞥了我一眼："我丈夫有很多事情想告诉你，但是他不敢说。"

我问道："为什么？布拉迪还能对现在的他造成什么伤害？"

她回答道："鲍伯担心的不是他自己，而是我，他怕我受到伤害。"

我没听懂。马特·布拉迪能对她做什么？我已经把疑惑两个字写在了脸上。

她诚恳地问道："我能和您谈谈吗？"

从这句话中我听到了许多层意思。你是我的朋友吗？我可以相信你吗？你会伤害我们吗？我把这些问题都仔细思考了之后，才回答道："你或许会认识一个人一辈子，但是你从来没有真正了解他究竟是怎样的一个人。"我继续补充道，"当发生了某些事情之后，你会发觉你认识的所有人都无法帮助你，而有些你素未谋面的陌生人却会伸手帮助你。这就是我的现状，我身边没有一个人能帮我。"

她吸了一口烟，那奇特的蓝色瞳孔穿过挡风玻璃，看向道路远处的尽头。过了一会儿，她柔声道："我初次遇见鲍伯·李维的时候，他还是一个聪明快乐的小伙子，他总是面带笑容，眼中充满了对未来的美好憧憬。他曾经有过雄心壮志。"

香烟在她的手中慢慢燃尽，她将烟头掐灭在烟灰缸里。她带着忧伤的声音说道："我已经很久没见过他笑了。他没有了雄心，这个事实已经困扰了他很久，同时也困扰着我。"

她抬头用那双奇特的蓝色眼睛看着我："我们国家有一条谚语——没有一种悲伤不是由爱带来的。的确如此。为了我们的爱，为了我，我的丈夫只能忍受被流放的生活。"

她朝我伸手要烟。我抽出一根为她点上，没有发表任何言论。

她看着我点燃香烟，说道："你现在知道他为什么不敢说了，你可以当他是懦夫，我不怪你。"

我说："我并没有这么想，可是他为什么不能说？"

她缓缓地解释道："马特·布拉迪是一个很可怕的人，他查到鲍伯是非法把我带到这个国家来的。他的人查不出鲍伯的任何问题，只好对我下手。鲍伯只是想带我来美国，于是他给我买了上海签证和伪造的文件。我们幸福地在一起，直到有一天，布拉迪的手下查到了这个秘密，并以此来要挟鲍伯。如果鲍伯不收手的话，他就会告发我们。鲍伯只能选择退让。对他来说，这样做的结果比我被遣送回日本要好得多。"

我想起保罗曾和我说过的关于联合钢铁集团案件的一些情况。李维退出之后他们就简单地结案了。他离开了，案子也没人接手。马特·布拉迪肯定为自己感到骄傲。

我不知道该怎么说。这些可怜的人已经遭了太多的罪了。我不应该再给他们徒增悲伤。我继续沉默着，让烟雾从我的鼻孔中慢慢地飘出来。

她的声音传到我的耳中："罗恩先生，我的丈夫不快乐。"

我惊讶地看着她。

她说："我在看着他慢慢死去，他一个大男人每天都做着小男孩的工作。"

我理解她的意思，却不明白她的用意。我有些无助地问道："李维太太，我能帮你们做点什么？但是我现在已经自身难保了。"

她观察着我的脸，说道："鲍伯知道许多关于马特·布拉迪的信息，生意上的和个人生活上的，比世界上任何人都要清楚，如果你能为他提供一份工作，他肯定会给予你帮助。"

我担心地说道："他随时都可以拥有工作。但是我不可能勉强他，原因你也说了。"

她低头看着香烟："他不知道我是来追你的。我跟他说我去镇上的市场买东西。我回去会和他说找你谈过，已经告诉了你真相，他会来找你的。"

一丝微弱的希望之光在我的心底闪烁，我问道："你觉得他会来吗？"

她走出汽车，站在街边道路上，微风轻轻扬起了她的秀发。她轻声地说："罗恩先生，无论要付出什么代价，我一定会叫他去的。拖丈夫的后腿不是一件开心的事。"

我看她开着客货两用车，在我边上拐了个 U 形弯。她在我身边经过时，我看到车身上面用油漆喷的字样"克里斯特犬舍"。她朝我挥了挥手，但是脸上并没有笑容，只有专注的神情。

我抬起头看着后视镜。客货两用车在尘埃中渐渐远去，直到消失在拐角处。

我看了看座钟，已经快四点了。我转动钥匙，发动引擎，准备上路。必须抓紧时间了，我还得参加五点钟伊莱恩的鸡尾酒会。

第二十六章

谈论你的如果是好话，没人会在意；可如果是歹毒、卑鄙的诽谤，那么城市中所有的人都很乐意帮你传播。三天之内，我们就成了从东海岸到西海岸的各大报纸主要专栏报道的焦点人物，就连黄色小报也相继刊登了我们的照片。

四天后，我们的风流韵事被传得沸沸扬扬。据我所知，我们甚至已经名列游客观光指南。当我们出入电影院或是豪华餐厅时，都被人关注着。当人群从我们身边走过时，都会惊讶地张大嘴巴，看向我们，然后在我们身后窃窃私语，传来阵阵笑声。

但是伊莱恩真的很了不起。她昂首挺胸，正视着前方。如果她听到了别人的谈论，也不会表现出来。如果那些谈论对她造成了伤害，她也从不会让我发现。她越是如此，我越是喜欢她。

我一直尝试着和玛吉解释这件事，但是自从那次争吵之后，她不愿再听我说话，就连珍妮也不愿理我。她们似乎都不愿和我交流，甚至我的父亲也不再相信我说的话。

报纸把本职工作做得太完美了。它把这件事告诉了所有人，除了最该知道的那个人。每天早上我们都会询问同一个问题："马特·布拉迪有消息了吗？"然而每天得到的回答也是同一个："没有。"

星期三的早上我和她通了电话，终于松了口气。

她说："诺拉婶婶打了电话过来。"

我问道："谁？"

她惊讶道："马特叔叔的妻子啊。"

我说："我从未听说过她，我甚至不知道他结婚了。"

她解释道："你肯定不知道，诺拉婶婶是个残疾人。她已经在轮椅上待了快四十年了，她几乎从未出过家门。"

我问道："发生了什么事，她怎么了？"

她回答道："他们结婚一年后发生了一次车祸，她的大腿和臀部被轧得粉碎，马特叔叔开的是他新买的斯图兹，车翻了。他自己被摔了出来，而婶婶被压在了车下。他到现在都无法原谅自己。"

我冷酷地说道："真没想到他还保留着人类的感情呢，我都想死了打动他的心呢。"

她责怪道："布拉德，不要这么刻薄，那是个可怕的事故。诺拉婶婶那时还只是个年轻的姑娘，大概只有十九岁。"

我换了个话题，问道："她准备做什么？"

伊莱恩说道："她劝我去她家一趟，报纸上的那些新闻让她觉得很苦恼。"

我问道："你马特叔叔说了什么吗？"

"她说他吃早餐时非常生气，说已经警告过我一次了，所以她现在打电话通知我。"

我说："太棒了，别去。让他去发火吧。"

她犹豫了："布拉德，你说我们这样做有用吗？我不觉得这么做有什么帮助。"

我回答道："我不知道，我说了这只是我的一个尝试。我试着让他放松警惕，让他在某些地方犯错误。"

她回答道："好吧，布拉德，我去给诺拉婶婶回个电话。"

我提醒她："我们还有个午餐约会。"

她说："我知道，这样演戏你不觉得累吗？"

我微笑道："谁演戏了？"

她的声音突然变得柔和起来。"我说过不要继续了，布拉德。我们达成了共识，不是吗？"

我说："我只知道我想和你在一起，只要能和你在一起，其他都不重要。生意、财富、马特·布拉迪，这些都算不了什么。"

她轻声问道："真的吗，布拉德？那你的家庭呢？"

我闭上双眼，犹豫了一会儿。

她立刻说："布拉德，什么都不要再说了，我这样问对你不公平。"

她挂断了电话，我慢慢放下听筒。她不想听我的回答。我想她应该是害怕我的回答。内线电话响了，我再次接听起来。

传来了米琦的声音："罗伯特·M.李维先生要见你。"

我差点就要放弃了。我早该相信他的妻子会叫他来的——从她开车离去时的眼神里我就看出来了。"请他进来。"说完我转过身面向房门。

如果不是事先知道，我绝对不会相信进来的人就是那天我在沃平杰尔福尔斯见到的人。他身穿灰色的套装和白色衬衫，戴着栗色领带。他的脸被阳光晒成了褐色，眼角有着一丝鱼尾纹。我站了起来。

他的嘴角带着一丝善意的微笑，说道："我周一就应该过来的，但是我的套装都太大了，我找了个裁缝改得合身了一些。"

我说："这笔投资或许会白白浪费了。"

他仔细地观察了一下我的办公室，然后看着我。他拿出了一根香烟，然后点燃了它。他说道："我想试试，当然还得看看你的报价是否还行。"

我喜欢他。这是个聪明的家伙。但是他的身上还有着让我更加欣赏的特点，他的嘴巴和下颚显得非常坚毅且有个性。你可以把事情放心地交给他去办。我伸出手来。

我说道："农夫，欢迎来到大城市。"

他咧嘴笑了，握了握我的手。"哎呀，"他活灵活现地模仿着北方口音说，"你这地方真不错。"

他的握手坚定有力。从那一刻起，我想我们一定会成为朋友。我觉得他也是这样想的。他问道："我的帽子应该挂在哪儿？"

到我让他惊讶的时候了。我按下了桌上的按钮。米琦的声音传来。"有什么吩咐，老板？"

我问道："你们准备好了吗？"

她微笑着说："都已经准备好了，老板。"

我朝他招招手，走出房门，朝隔壁的办公室走去。我在克里斯以前的办公室门口停下，对他做了个请的手势。

他看了看门，深吸一口气，然后转向我，吃惊地说道："我的名字已经写在门上了。"

我点点头："是的，从我回来的那天起就写好了。"

他忍不住问道："可是……你为什么知道我一定会来？"

我微笑着说："我确实有些担心，不过办公室看起来还不错，趁着我们还没倒闭，你还能看看它。"

他挑了挑眉，问道："有那么糟糕吗？"

我为他打开门，和他一起走进办公室里，回答道："确实很糟糕，我们共同的朋友到目前为止已经做了很多事了，他的积分遥遥领先。"

他走到桌子后面坐了下来，爱惜地用手指轻抚着擦得锃亮的桌面。

他说道："西尔德在楼下的车子上等着呢，我带了一些与布拉迪和联合钢铁集团案件有关的材料，我觉得这些东西可能随时会用得着。"

我说："太好了，我派人下去拿。"

他的脸上闪过一丝失望的表情。我立刻就察觉到了。我补充道："我会给我的车库打电话，让他们派人去取车，这样她就可以一起上来看看办公室了。"

我走到门边说道："我会给你时间来适应环境的，午饭过后我会召开员工会议，你会见到所有员工。接着我们再来研究如何反击。"

他在桌子后面站了起来，诚恳地说道："谢谢你，布拉德，我从未接触过这一行业，但是我希望能帮到你。"

我说："你的到来就是对我最大的帮助，因为没有多少人会愿意往一艘正在下沉的船上跳。"

第二十七章

这一下午我了解的关于联合钢铁集团的事情要比之前几周了解的还要多，但是我还是没有找到破绽，马特·布拉迪太聪明了。

快到七点了，我疲倦地倚靠在座椅上，揉了揉眼睛。我把桌上的文件推到一边，看着鲍伯："我已经了解了，孩子，我的头很晕。我们明天上午再接着研究吧。"

他看着我，面露微笑。他看起来和下午进来时一样精神饱满。我真羡慕他那年轻的活力。他站起来说道："那行，布拉德。"

电话铃声响了，我木讷地接起电话："喂？"

"罗恩先生吗？"一个女人的声音问道。这声音听起来很耳熟，但是我现在已经累得不愿去想是谁了。

我说："有事吗？"

她说："我是桑德拉·华莱士。"

我勉强地笑道："桑德拉，很高兴接到你的电话。"

她没有浪费时间，直截了当地说道："我想见你，布拉德。"

我闭上双眼，俯身趴在桌子上。我现在太累了，没心情谈情说爱。而且，就算她不了解现在的情况，也不应该在这个时间玩这个游戏，我说道："我很忙，现在过不去。"

她说："我就在你们这栋楼的商店里。"

我懂了，她不是来重温旧情的。我说："那你上来吧，我的天啊，别这样一本正经的。"

她笑着挂断了电话。鲍伯好奇地看着我。我放下电话："或许明天会有转机。"

　　他没有开口，点了点头就朝着门外走去。走到一半时他停住了脚步，转向我。

　　我问道："有事吗，鲍伯？"

　　他说："我无意冒犯你，只是有件事我想不明白。"

　　"你说。"

　　他红着脸说："外界都在流传你和舒勒夫人的绯闻。"

　　我已经明白他的意思了。我起身说道："我没有卑躬屈膝，如果你是要问这个问题的话。伊莱恩是我的老朋友了，她和我们在同一条战线上。"

　　"我想你肯定有自己的道理。"他说。但是从他的语气里还是可以听出他想不通这件事。

　　我第一次意识到自己这件事做错了。玛吉和我爸爸的看法可能会有偏见，但鲍伯是个旁观者，他代表了局外人的看法。"我必须试一试。"我有气无力地说。

　　他的声音软了下来，但怀疑的语气依旧没有减少："我在华盛顿的时候遇到过她几次，她是我见过最迷人的女人之一。"

　　我立刻脱口而出："她的人品和她的外表一样美好。"

　　他的眼睛里掠过一丝理解的神情，但是他很快就转移了视线。"明天上午见，布拉德。"说完，他伸手准备开门。

　　就在此时，门开了，桑德拉站在门口。她惊讶地说道："啊，真对不起！我不是故意打扰你们的。"

　　我说："没关系，进来吧。"

　　他也解释道："我正准备离开。晚安，布拉德。"他把门关上，我绕过桌子，走向桑德拉。

我握住她的手："见到你很高兴，桑德拉。"

她微笑着说："可是在电话里你听上去并不高兴。"

我请她坐下，说道："我很累。你的老板正在打掉我的牙齿。"

她说："你是说我的前任老板吧。我是来找你兑现帮助我的承诺的。"

我非常惊讶："你终于辞职了？"

她回答道："明天就辞职，他还不知道。"

我说："是什么让你改变了主意？我还以为你会一直干下去呢。"

"因为你。"她深情地凝视着我，"我知道我不可能和你在一起，但是我不想整天坐在那个办公室里帮他工作。"

我这一生中，产生卑微之感的时刻少之又少，但是在她诚恳的目光下，我产生了一种卑微的感觉。我说道："你真是太好了。"

她站起身来，走到我的面前，依旧注视着我。"那天早上我离开的时候，我就知道这一切都结束了，你不爱我，你的心里有别的女人。但是随着时间慢慢地流逝，我无法再忍受事态这么发展下去。每当他伤害你的时候，我的内心就会感觉和你一样受伤，所以我最终决定离开他。"

我没有说话。她离我很近，我可以感受到她身体里的激情，我的体内产生了纯粹的欲望。我抵御着这股欲望，做着思想斗争。

"你不爱我，但是我对你有一种感觉，我认识的男人非常多，没有人给过我这种感觉，从来都没有。"

我沙哑地说道："你还很年轻，总有一天会找到适合你的人。到那时候我就什么都不是了。"

她的嘴角带着一丝淡淡的微笑："这种事情只有在发生了之后我才会相信。"

我走回到桌旁，点了一支烟。我问她："你确定要离开他吗？"

她依然看着我，点点头："这次我不是来和你睡觉的，你相信吗？"

我没有回答，点了点头。

她坐回了椅子上："你说过会为我提供一份工作的。"

我犹豫了。

她立刻问道："你只是随便说说而已吗？"

我摇着头："那时候我太盲目自信了，不了解马特·布拉迪的厉害。"

"那么你现在不打算帮我了？"

我反驳道："我不是这个意思，我只是不确定现在还有没有愿意帮我的朋友。"

她的目光停留在我的脸上："你会试试吗？"

我说："我会尽力帮你。"

她站起身来，看了看表："这样我就放心了。回去的航班一个小时后起飞，现在出发刚好。"

我绕过桌子："周一给我打电话，好吗？"

"好的。"她向我伸出了手。

我紧紧握住她的手："桑德拉，对不起，我不是你想象的那种男人，我不是那种故意做空口承诺的人。"

她勉强地笑道："对我而言，你已经是个很不错的男人了。"

我看着她的双眼，没有看到任何欺骗的信息："谢谢你，桑德拉。"

她的双唇颤抖着。我感觉到欲望又重新涌上我的心头。这才是女人，这才是所有男人内心深处就想占有的那种带来最原始的欲望、带着几分野性、带着几分放荡的女人。我把她拉到身边，亲吻着她。

"布拉德！"她抬起头。她把我的头拉近了她的脸，安静地在我的眼中寻找着什么。

我说道："桑德拉，我很抱歉。"

她的双唇抖动着，像是要说点什么。这时我们身后一阵响动，我听到一个熟悉的声音。

"布拉德，你太辛苦了，我来接你了！"门打开了，伊莱恩站在了门口。

一时间，我们都吓得僵住了，桑德拉把环绕在我脖子上的胳膊放了下来。

伊莱恩脸上的笑容消失了。她的眼中带着隐隐作痛的悲伤。她一动不动地瑟缩在门口，一只手还紧紧地握着圆形的门把手，就像这样才使她没有倒下去一样。她的目光在我和桑德拉的身上来回，最后她开口说话了。

"你好，桑德拉。"我能听出来她在竭力控制自己的情绪。

"舒勒夫人。"桑德拉的声音沙哑了。

伊莱恩的眼神里蒙上了一层纱，没有再看我。"布拉德，也许过去是我错了，"她说着，她的声音中夹杂着伤痛，"但是你说你要全面出击时我还不相信。现在我终于知道了！"

她猛然关上门离开了。桑德拉和我面面相觑。

我终于回过神来，跑到门口，办公室已空无一人。"伊莱恩！"我对着走廊大声喊叫道。我听到了电梯的关门声，只好转身回到办公室里。

桑德拉站在边上看着我。我从她身边走过，悲伤过度的我跌坐在座椅中。我拿出一支烟，四处摸索寻找火柴。

一个点燃的打火机出现在我面前，我点燃了烟。

她说："布拉德，你很爱她。"

我点点头。

她把打火机放在办公桌上。"就算是和我做爱的时候，我也能感觉到这一点。"她走到门口，打开了门，"晚安，布拉德。"

"晚安。"我回应道。门关上了，我没有抬头。我靠在椅子上，紧闭着双眼，伊莱恩那痛苦的眼神折磨着我。她的悲伤也是我的悲伤。一切都错了，没有了挽回的可能，是马特·布拉迪赢了。

他赢了，我已经没有力量和他争斗下去了。我把烟蒂按熄在烟灰缸里，然后环视了一下我的办公室。这里曾经是一个很风光的地方，但是聚会已经结束了。除了赔钱之外，什么也干不了。明天我就要关掉公司，下周我就要去找工作了。

我在办公室走来走去，想找瓶酒。最好还是别做什么出格的事。酒喝进我的肚子里总比喝进我的债权人的肚子里要好。我刚给自己倒上一杯酒，门外就响起了一阵轻轻的敲门声。

是李维的声音："布拉德，你还在吗？"

我回答道："我在，进来，鲍伯。"我苦笑着。最好还是现在就和他摊牌吧，换成明天上午告诉他，我一样很难开口。他刚刚创下了工作时长最短的纪录。

他的脸上有一种很兴奋的表情，他向我的桌上俯身问道："你怎么会认识马特·布拉迪的女儿？"

我疑惑地看着他，手中依旧握着酒杯。他比我更加疑惑。我说："舒勒太太是布拉迪的侄女。"

他有些不耐烦地说："我不是说舒勒太太。"

我问道："见鬼了，那你是在说谁？"

听到他说的答案时，我把酒洒了一桌，甚至有一些已经流淌到了我的裤子上，但是我完全不在乎。我刚刚走出了坟墓。

他说："桑德拉·华莱士。"

第二十八章

我早就应该看出一些苗头的，但是我的脑子有些转不过来。我就像一个给赛马下注的工作人员，许多年来一直守着规矩。在危机面前他还没有意识到商业界还存在盗窃的行为。他依旧固执地走下去，最后输得一败涂地，只能回到最开始的贫民窟生活。这就是我。

我太沉迷于表面现象了。这些孩子和其他人没什么区别，他们只是把他们肮脏的部分隐藏了起来，你必须花费更多的力气才能把它找出来。

我擦去裤子上的酒，问道："有证据吗？"

他摇着头："我从来没有认真深究过这件事情，我也是偶然得知的，因为这和政府的案件没关系，我就没有去深究。"

我很奇怪他为什么之前没有利用这一点。"我想你的工作可以保住了。"我说。

他目不转睛地看着我。"不然的话西尔德就不会到这儿来了。"他抽出一支烟，"看到她在办公室的样子，我找回了以前的感觉。我想你应该也发现了这一点。"

我问道："桑德拉呢？她自己知道吗？"

他回答道："她不知道，除了她的父母，没人知道。据我了解，她的父亲已经死了。现在就只剩她的母亲可以为我们作证了，但是我认为她不会愿意掺和进来。"

我为他点燃了烟。现在我已经完全清醒了，我快速地思考着。我倒了两杯酒，给他递了一杯，说道："你从头说。"

他接过了酒杯，坐到我面前的椅子上。"我在调查联合钢铁集团普通股的账单时发现，从一九一二年马特·布拉迪把一部分股份转让给他的新娘开始，他就没有再出售或者转让任何股份了，直到一九二五年。他持续地增加着自己的股份。但是在一九二五年时，他把亚里山德拉·华伦斯维兹托管的五百股份转让给了约瑟夫·华伦斯维兹及夫人马尔塔·华伦斯维兹。这些股份会被托管到他们去世为止，到时候这些股份又会回到亚里山德拉的手里。"

他喝了一小口酒。"转让的时候，那些股票大约值五万美金，现在已经涨了两倍了。我对这事很好奇，这是我头一次见到布拉迪让出股份。为此我做了调查。"

"桑德拉的母亲曾经是布拉迪在匹兹堡家里的女佣。我在调查的时候发现她长得很像她女儿。"他笑着说，"或许应该说她女儿长得很像她。她长得非常美，你应该懂我的意思吧。"

我点了点头。我明白他的意思。

"那时候的马特·布拉迪差不多五十岁。他结婚比较晚，而且婚后不久他的太太就出了车祸，导致终身残疾。像马尔塔这样有魅力的女人完全可以把男人迷得喘不过气，哪怕他的妻子没有残疾。你完全可以想象到发生了什么事情。"

他的酒喝了一半。我准备给他加上，他对我摇了摇头。"她为布拉迪工作了三年后突然离开了。布拉迪的妻子对此非常吃惊，不过她依然给了马尔塔一份很好的礼物。

"三个月后，约瑟夫·华伦斯维兹去了马特·布拉迪的办公室，依旧穿着他的工作服。这两个男人在办公室里具体聊了些什么没人清楚。他们是老伙计了，很多年前就一起在铸造厂里工作过。但是在离开的时候，约瑟夫手里拿着一张马特·布拉迪给的五千美元的支票。

"他离开办公室后回到了宿舍，换上了他唯一一套好看的衣服，去市政厅找马尔塔。当天下午他们登记结婚了。

"四十天之后，桑德拉出生了。第二天，马特·布拉迪便转让了股票。"

我安静地坐着，聆听这个故事。这是布拉迪的一场婚外恋。他不是一个胆小鬼，他会为他的隐私付出代价。但这并不是全部，真的。他用自己独特的方式爱着桑德拉。她是他唯一的孩子。现在我总算明白了，为什么他不愿意放她走，不愿她离开自己的视线。抛开生意不谈，这或许是他还有人性的唯一理由。

我又倒了一杯酒，小口地喝着。生活总是会受到各种奇怪的打击。布拉迪的占有欲让他想要把女儿留在身边，可是他这样做只会让她厌恶他。我不知道他有没有考虑过她的感受——如果他考虑过，那么他是否会因此而做出改变呢？

我说："就像你们律师说的，间接证据。"

他微笑着回答："有了这个，你一样可以打赢官司。"

我下定了决心，没有别的办法了。我不得不尝试给布拉迪来一次毁灭性的打击。我问他："准备相关文件的复印件需要多久？"

他回答道："几个小时。我手里有一些关于转让股份的材料，其他的必须去匹兹堡找。"

我把酒瓶放回了酒柜里，说道："把材料拿来，明天下午一点钟我在马特·布拉迪的办公室和你见面。"

他欲言又止，脸色有些怪异。

我问道："怎么了，你害怕吗？"

他摇着头："不是，我已经经历过了。我是担心你承受不了。"

我沉默了一会儿。我明白他的意思，但是没有别的办法了。我笑了笑："宾夕法尼亚州对敲诈勒索的处罚是什么？"

他严肃地回答道："我不清楚，要查一下。"

我说："那你先去查一下吧，顺便再搞清楚我失败后会有什么后果。"

塔楼前台的服务员对着我微笑道："晚上好，罗恩先生。"

我看了看墙壁上的钟，已经过九点了。"能帮我查询一下舒勒夫人是否在房间里吗？"

"当然，罗恩先生您稍等。"他拿起了电话，对着话筒说了几句。过了一会儿他抬起了头。"没人，罗恩先生。"他看了看后面的架子，上面挂着钥匙。他转过身说："应该在我来之前，她就已经出门了。"

我点了点头，伸手去拿钥匙。"她应该一会儿就会回来，我去等她。"

他犹豫地说："先生，这不太合适吧。"可当我向他递上钞票时，他的语气就变了，"但是我想问题应该不大，就给您破例一次吧。"他的脸上露出了笑容，拿着钥匙换取了钞票。

我说了声谢谢，上楼来到了她的房间，我进门打开了灯。我把帽子和外套放在门口的椅子上，为自己调了一杯苏格兰威士忌。房间里很暖和，我把窗户稍微打开了一点，面对着窗户坐着。

城市中的喧嚣声传进了我的耳中，我安静地喝着酒。我不确定她和桑德拉熟不熟悉。或许不熟，不然她肯定会和我提到。她们也可能很熟？毕竟马特·布拉迪是她的至亲。

我起身倒第二杯酒的时候，已经快十点了，她还是没有回来。我打开了收音机，再次坐下来。我很疲惫，上下眼皮已经在打架了。我关了灯坐在黑暗里。音乐声悦耳舒心，我的神经很快放松下来。我把酒杯轻轻放在桌子上面，准备小睡一会儿……

《星星让旗帜闪耀》的曲子唤醒了我，我挣扎着睁开了眼睛，我的眼皮很重。我打开了灯，灯光一下子照亮了整个房间。音乐声是从收音机里发出的。电台的播音员正在说晚安。我看了看时间，凌晨三点了。

我起身关掉了收音机，我没有想到自己会如此疲惫。我猜想着她会去哪儿。我突然想到了什么，迅速走进卧室，打开了她的衣橱。

我猜对了。她的旅行箱不在了。我关上了衣橱，回到了另外一个房间。我拿起帽子和外套，走了出去。乘坐电梯时，一种莫名的悲伤涌上我的心头，至少她应该给我一次解释的机会。我把钥匙扔在前台，走出了旅馆，拦了一辆出租车便离开了。

第二十九章

我在穿衣服的时候，玛吉走了过来。我照着镜子打领带，已经试了四次了。我将它绕来绕去，想要把它弄得既漂亮又不会勒得我无法呼吸。

她走进来说："还是让我来吧。"

我转过身子，她熟练地打好领带，微笑着说道："你是世界上最笨手笨脚的男人。"

我低头看着她，不明白这算不算争吵的结束。一个星期以来，这是她第一次对我说话。我回以微笑说道："我现在就算想改变也没办法了，我已经老了。"

她有些忧郁地看着我的脸，慢慢地说道："对此我并不赞成，有些方面你已经变了。"

我心里明白她在说什么，但是我不想再次引发战火。"我上午要去匹兹堡见布拉迪。"我说。

她满怀希望地问道："已经有转机了吗？"

我谨慎地说道："嗯……算是最后一次机会吧，要么成功，要么彻底完蛋。"

她的目光转向了别的地方："这么糟糕吗？"

"是的。已经没有业务了，并且账单堆成了山。"

"你打算和他谈什么？"

我把床上的夹克穿在身上："我打算勒索他一下，就是这样。"

她关心地问道："有危险吗？"

我回答道："有一点吧，不过现在我已经没有什么退路了。"

她沉默了一会儿，心神不宁地整理床单："生意对你来说有这么重要吗？"

我回答道："我们还得吃饭啊，你不可能让孩子们饿肚子吧。"

她说："我们可以节省一点，这总比你惹来更多的麻烦要好很多吧。"

我笑了起来："我惹不来更多的麻烦了，我的麻烦已经塞满了整整一麻袋。"

她忧虑地说："我还是希望你能好好考虑一下。"

我向她保证道："放心，会没事的。"

我们一起默默地走下楼。当我们坐在桌边等咖啡的时候，珍妮走了过来。她来到玛吉身边亲吻了一下她的脸庞。

"妈妈，再见。"

我说："宝贝，等一下，我喝完咖啡送你去学校。"

她冷淡地看了我一眼，一本正经地说道："谢谢您，爸爸，但是不用麻烦您了，我在校车上可以遇到很多伙伴。"说完她便转身跑了出去。

我看了看玛吉，接着我听到了关门的声音。在那一瞬间我感觉自己像是这个家庭里的陌生人。

玛吉立马说道："布拉德，她只是个孩子，有些事她这个年龄还不懂。"

我沉默不语。沙莉把咖啡端了出来，我拿起杯子就喝。滚烫的咖啡流到我的胃里，我感觉暖和了许多。

玛吉问道："舒勒太太会去吗？"

我摇摇头。

玛吉继续问道："她对你的想法有什么意见？她同意吗？"

我回答道："她什么都不知道，昨晚就离开了。"

玛吉扬起眉毛："她到哪儿去了？"

我有点生气了："这我他妈怎么知道？我的麻烦已经够多了，哪里还有心思管她去哪儿了！"

她的嘴角露出了一丝笑意，说道："对不起，布拉德，我只是随口问一下。"

喝完咖啡，我站了起来："我准备走了。"

她坐在那儿抬头看着我："你什么时候回来？"

我说："今晚就回来，要是有什么变化我会给你打电话的。"说完我就朝着门口走去。

她来到我身边对着我说道："布拉德！祝你好运。"

我亲吻着她的脸庞，说道："谢谢，我很需要你的祝福。"

她的双手环绕着我的脖子，轻声低语道："布拉德，你记住，无论发生任何事，我们都会支持你。"

我看着她的眼睛，想要知道她可爱的小脑瓜里究竟在想些什么。

她转过脸去，依偎在我怀中，她低声地说道："我说的是真话，布拉德，无论发生任何事情，我都不会有怨言。谁都无法保证一生。"

我沙哑地喊道："玛吉！"

她很快地低声说："不要说了，布拉德，无论遇到什么事情，你都要好好的。把你的决定告诉我就好，我会帮你的。"她把环绕着我脖子的双手放了下来，回到厨房。

我站在原地，看着那扇不停摇晃的门。我轻轻地把门关上，朝车库走去。

我直接开车到了机场，给办公室打了个电话。"李维打过电话来吗？"我问米琦。

她回答："打过了，他说会在匹兹堡的机场和你碰面。"

我问她："他有没有说是否找到了材料？"

她回答道："他没说。"

"有别的来电吗？"

"没有重要的来电了，"她回答道，"等一下。我想起来了，舒勒太太在华盛顿来过电话。她说要你给她回电。"

我看了看表，要上飞机了。"我到了匹兹堡再给她回电话，我必须上飞机了。"

挂断电话后我朝着飞机走去，我心里觉得好受多了。她给我来过电话，经过停机坪时我心里这样想着。

第三十章

出租车把我们送到了联合钢铁集团的大门口。我们穿过大门，走进大楼。当我们在服务人员的桌前停留时，对方疑惑地盯着鲍伯手中的公文包。

我说："我是罗恩先生，我想见布拉迪先生。"

我看到他拿起电话的时候，大厅的时钟刚好指向一点。他抬头看着我们，说道："布拉迪先生现在没空，他说让您去见普洛克特先生。"

我不是来见克里斯的。我问道："可以帮我联系一下布拉迪先生的秘书吗？"

他再次把话筒拿起说了些什么，然后放了下来。他疑惑地看了看我们，接着把我们带到电梯旁。电梯门开了，我们走了进去。

我们走出电梯的时候桑德拉已经在走廊上等着了。她压低声音问道："布拉德！你怎么来这里了？"

电梯门关了。我沿着走廊朝布拉迪的办公室走去："我来见你的老板。"

她说："不，你不可以去，他现在正和普洛克特先生待在一起。"

我咧嘴笑道："正好，有人就是让我去见普洛克特先生。"

我把她办公室的门打开了，朝着布拉迪的办公室走去。

她在我后面紧抓着我的手臂，恳求道："布拉德，求你不要这样，你这样会把一切变得更糟糕的。"她的眼神中充满了恐惧。

我看着她。她的双手颤抖着。我能感觉到愤怒正在我心中升起。他为什么会有这么大的能耐，能让别人感到恐惧和不安？她什么都不知道，这就更加糟糕了。她是他的女儿。我温柔地轻抚她的手。

我轻声地说："桑德拉，你再也不需要害怕他了。等我们离开这个办公室以后，他的处境就会和我们一样了。"

她瞪着双眼问道："你想做什么？"

"让他知道他不是上帝。"说完我推开了布拉迪办公室的门。

克里斯背对房门坐着，面朝办公桌后的布拉迪。布拉迪看到我们进来，生气地站了起来，冷淡地说道："我说了我不想见你。"

"我想见你。"我说着走进了办公室。鲍伯跟在我身后，也走了进来，顺带把门关上了。

布拉迪说道："有什么事去和普洛克特先生说。"

克里斯此时也站了起来，盯着我看。我坦然地无视他："我不想和别人说，尤其是办公室里不知名的小喽啰。"

我朝着办公桌走去。克里斯对我做了一个制止的动作。然而在我冷漠的注视下，他让开了。我看到布拉迪正准备按下桌上的按钮。我赶紧说："布拉迪，如果换作我是你，我绝不会选择报警，因为这样做可能会让你遗憾终身。"

他的手在空中僵住了，问道："你说这话是什么意思？"

我沉住气："你知道你的女儿恨你吗？"

他的脸色瞬间苍白。他仔细观察着我，似乎想要看透我的想法。此时偌大的办公室里好像就剩下我们两个人了。

他的嘴巴动了动，舔了舔干燥的嘴唇。他涨红了脸大声吼道："你胡说！"

克里斯在我身后说道："布拉德，你还是离开吧。布拉迪先生对你这种无聊的恐吓完全不感兴趣。"

我都懒得转身去看他一眼，依旧直视着布拉迪："布拉迪，我没有胡说，我有证据。"

克里斯继续说道："布拉迪先生刚才还在考虑放你一马，可是现在你就算是跪下来爬着求饶也已经太迟了。"

我走进布拉迪办公室之后第一次正眼看他。这一次他的小心思不会再得逞了。我冰冷地说道："克里斯，我在你那里学到了许多东西，但是爬我实在学不来。那可是你的特长。"

克里斯看了看布拉迪，问道："先生，需要我叫保安吗？"

布拉迪似乎没有听到他说什么，依旧盯着我看。终于他说话了。"我尽可能为她做了所有的事。她拥有了想要的一切：家和钱。"

那一瞬间我感觉他就像是一个被剥夺了唯一的孩子的孤寡老人。我想起了珍妮，心中对他有了一丝同情。我温和地说道："布拉迪，人并不是财产，你不能像对待你的财产那样将他们进行交易。你也不可能把他们锁在保险箱里，却还盼望着他们会对你感激涕零。"

我看到他那苍白的双手，已经没有了一丝血色。"罗恩先生，请问你是怎么知道的？"

我回答道："昨天晚上她到我的办公室找我，请求我帮她找个能摆脱你的地方。"

他缓慢地问道："那她知道内情吗？"

我摇着头说："她还不知道。"

"你没有和她说？"

我没有和她说这事是因为那是在她离开后我才知道的。"我没有告诉她的权利，布拉迪先生。你是她的父亲，而我只是她的朋友。"

他看着自己的双手，许久之后抬起了头，说道："普洛克特，回你的办公室去吧，如果有事，我会通知你。"

遭到驱赶的克里斯眼里直冒着愤恨的火焰，我愉悦地冲着他微笑。这对他来说更是火上浇油，他愤怒地离开了。我看向了布拉迪。

他疲惫地说道："罗恩先生，请坐。"

我坐在了克里斯刚刚坐的椅子上。布拉迪的目光转向了鲍伯，但是没有认出他，我说道："这是我的合作伙伴罗伯特·M.李维先生。"

布拉迪点点头，依旧没有认出眼前这个人。

我补充道："也许你还记得他，他就是当年在反托拉斯案件中准备对你进行起诉的年轻律师。"

马特·布拉迪的神色有了些许变化，面带轻蔑地说："我想起来了，我们花了两万五千美元将他打发走了。"

我抬起头看着鲍伯，说道："可是我听到的情况并非如此。"

鲍伯的脸涨得通红，生气地说："布拉德，我一分钱都没拿。"

我看向布拉迪："布拉迪，我相信他说的话。"

布拉迪果断地说道："我雇用了私人侦探，他告诉我这是打发他的唯一办法，我亲手把这笔钱给了私人侦探。"

我回答道："布拉迪，你的确出了这笔钱，鲍伯也被你赶走了，但是他并没有拿这笔钱，他那样做只是为了保护他的妻子，怕她遭受你的威胁。曾经有人用钱诱惑过他，但是他没有拿。"

他看着鲍伯，鲍伯点了点头。"这才是我离开的唯一原因，我一点都不想要你的钱。"

布拉迪疲惫地闭上了眼睛。"我不知道该相信谁。"他抬起头看着鲍伯，"如果是我弄错了，那我表示很抱歉。"

布拉迪看着我："你是怎么查到关于桑……我女儿的事情的，罗恩先生？我自认为把事情掩盖得很完美，没有任何漏洞。"

我朝着鲍伯点了点头。"布拉迪先生，我之前感到很绝望，"我回答，"之后我找到了鲍伯先生，并请求他的帮忙，是他发现这件事的。你在桑德拉出生的第二天转让了股票，这一举动让你露了马脚。他在调查反托拉斯案件的时候发现了这个疑点。"

他点了点头。"我明白了，罗恩先生，你和我真的很像。我以前就说过，你是个斗士。"

我没有说话。

他十指交叉放在桌上，自言自语地说道："我应该早点把这事告诉诺拉，可是我不能那样做。我担心这样她会接受不了。她虽然是个残疾人，但是她的自尊心特别强。如果她发觉自己并不能让我感到满足，那她宁愿死去。"

他转过椅子望向窗外正在冒着烟的铸造厂。"我不能把事情的真相告诉诺拉，也不愿意我女儿离开我。我必须想个办法每天都能见到她。"他的声音里带着一丝苦涩，"现在我已经是个老人了。医生说我早就到了退休的年纪了。但是我不愿意。"他把椅子转回来看着我，"我依旧来这里上班就是为了能看见她，哪怕每天只能看到几分钟。"

"有一次她曾离开我，找了其他工作。可当我发现她的收入还不足以维持她的生活时，我就让她回来，我不想看到她为了生活而奔波。"他越说声音越小，许久的沉默之后，他再次抬起头看着我，"可现在看起来是我做错了。"他说。

鲍伯和我对视了一眼，但是都没有说话。这个老人坐在那里呆呆地看着自己的双手，时间就这样一分一秒流逝着。我点燃了一支烟。

布拉迪忽然说道："罗恩先生，你把我们家搅得真够乱的。"

我明白他的意思，我说道："我和舒勒太太一直都是很好的朋友，我正在帮助她开展救助脊髓灰质炎患者的慈善运动。"

他说："如果报纸上的报道属实的话，你对她的照顾可真不少。"

我笑了笑："你还不了解报纸吗？记者们最爱做这些捕风捉影的事了。"

他淡淡地说道："我还以为是因为我，你才和她走得那么近呢。"

"在我认识你并且知道你们的关系之前，我就已经很欣赏伊莱恩了。她是一个勇敢又善良的女人，她以前遭遇了许多不如意的事。她能喜欢我是我的荣幸。"

他静静地注视着我："我听了她对你的评价，非常不错。"

我没有回答。

他说："你不是来谈你和伊莱恩之间的事吧？"

我非常赞同这一点："不是的。"

他心中仔细盘算着，说道："如果我不愿意跟你合作，你就会把我女儿的事公之于众，对吗？"

我直截了当地说："大概是这样。"

他问道："要是我仍然拒绝呢？"

我想了很久才回答："许多年前我的父亲曾经问我，现在受苦受难和将来受苦受难之间会选择哪一个。当时我并不知道他在说什么，但是我知道了自己心中的想法。如果真的要进行选择，我宁愿它在将来发生。"

他问道："这么说你不会把这事说出去咯？"他的目光依旧停留在我的身上。

我摇摇头："这不关我的事，这是你私人的事，我不会插手。"

他轻声地叹息道："你能这么说让我很高兴。如果你敢威胁我，我一定会和你抗争到底，哪怕后果我无法承受。"

我站起身来，朝着门口走去。"我了解你的性格。鲍伯，我们走吧。"我说。

"罗恩先生，请等一下。"

我走回到他的办公桌边："还有事吗？"

这个小个子男人站了起来，他那平时不带表情的脸上出现了温柔的笑容。"如果你现在离开了，我们还怎么讨论具体的客户计划呢？"

我的心脏因为激动而快速地跳动着。我成功了——我成功了。冒着大风险，我成功了！

他绕过桌子向我走来。我握住了他伸过来的手。他把门打开了："桑德拉，请过来一下。"她走了进来，疑惑地看着我们："布拉迪先生，请问有什么事吗？"

他看着她的眼睛，带着恳求的神色说道："罗恩先生的公司现在负责我们的公共关系运动。我想派你去纽约帮我督办这件事。"

她看了他一眼，然后用余光看着我。我不经意地摇了摇头，在布拉迪的身后对着她做着口型："以后再说。"

她果然继承了父亲的优点，瞬间就明白了。她对着老人笑道："布拉迪先生，如果您不反对的话，我还是想待在您的身边。"

老人的喜悦根本无法遮掩，他的脸上露出了幸福的笑容。

第三十一章

这里是华盛顿郊区时尚地段的花园式公寓。门厅里没有开灯，我划了一根火柴，寻找门铃。

舒勒，我按下了门铃按钮。我听到屋子里传来了门铃声。火柴燃烧完了，我在漆黑的门口等待着。过了一会儿，我再次按下门铃，还是没有人开门，屋子里也是一片漆黑。

我走出了门厅，来到台阶边上坐了下来。我知道这完全是疯子的行为。哪怕米琦告诉我她从家中给我打过电话，也不能说明她现在就待在家里，也有可能出门去玩了。毕竟明天就是周末。

我点了一支烟，或许我从头到尾一直都被错觉给误导了。或许是我不太聪明。或许她是在欺骗我。或许她在外面还有别的男人——可能还不止一个。我无法得知。我知道的都是她对我说的，她只要想欺骗我，就可以这样做。

香烟的苦味让我感到恶心，我把烟丢了出去。烟头散落在水泥地上的火星像是一只只萤火虫。夜里气温很低，我把外套的衣领竖了起来。我不知道现在还能做点什么。如果有必要，我已经准备好了在这里一直坐到世界末日。

我现在的心情就像是在匹兹堡机场的时候一样，我给她打电话，没有人接，我非常想念她。我已经没别的办法了，所以我买了去华盛顿的机票，同时给家里打电话。

和玛吉讲话的时候我尽可能地控制着自己的情绪，让她觉得我很轻松。我撒谎道："宝贝，布拉迪同意和我合作了，但是今天晚上我必须去华盛顿见联盟的主席。"

她问我："不可以星期一再去吗？这个周末我的心中感到特别不安。"我几乎可以感受到她因为情绪低落而眉头紧皱的模样。

我赶紧回答她："亲爱的，这当然不可以，你也知道这份工作已经是我们最后的机会了。如果不是布拉迪同意，我们就真的完蛋了。我不能再犯错了。"

我有一种奇怪的感觉，她并不相信我。我听到了她重重的喘息声，她犹豫了一下："行吧，布拉德，如果你必须……"

没等她说完我就打断了她的话："没错，我必须去，如果没必要，我是不会去的。你知道我的。"

我把电话挂了之后，心事重重地在停机坪上走。华盛顿的飞机到了，我差不多九点就到华盛顿了。在我第一次按下她的门铃时，已经过十点了……

在公寓的后面传来了停车的声音，接着就是车库关门的声音。过了一会儿，大楼的拐角处传来了高跟鞋在水泥地上敲打的声音。

我立刻站起身来，朝着声音的方向望去。我的双腿不自觉地抖动起来。她从拐角处走了过来，但没有看见我。

她的脸在月光的照射下，带着一副凄美又寂寞的表情，此时我的内心不禁狂喜了起来，我柔声喊道："伊莱恩！"

她停下了脚步，双手捂住自己的颈部，喘息着喊道："布拉德！"她的脸上闪现了一丝欣喜之色，但很快便消失了。

她朝我走来，低声说："布拉德，你为什么还要来？你自己心里也清楚，我们之间已经结束了。"

我说："我必须来见你，我不能让你就这样离开我的生活。"

她走到我面前，在离我几步远的地方停了下来，盯着我的脸说道："你做的难道还不够吗？你把我当成那种低贱的女人了吗？难道你就不能离开我的世界，不要再来烦我了吗？"

我说："那个女孩和我没有任何关系，我只是答应帮她的忙，她也只是单纯地感激我。"

她沉默不语，只是一直用那双充满痛苦神情的双眼看着我。她的双眼告诉我她已经相信我了。

我对她伸出了手，她却向后退了几步。我说："只要你告诉我，你不爱我，我马上离开。"

她痛苦地叫喊道："你走开，不要来烦我。"

我说："我做不到，你是我的一切。我不会让你就这样离开的，除非你告诉我，你不爱我。"

她低着头看着地面，用微弱的声音说道："我不爱你。"

我说："几天之前你说过你爱我，你的眼睛也告诉我你爱我。你说从未有人这样深爱着你，你也从未如此深爱过别人。

"现在你看着我，告诉我你在撒谎，告诉我你不爱我，说你可以像关掉水龙头一样去结束你的爱。我会相信你的。"

她缓缓地抬起了头，看着我。她颤抖着双唇已经无法言语了："我……我……"

我朝她张开了双臂，她瞬间投入了我的怀抱中。她把脸靠在我的怀中大声哭泣，剧烈的抽泣让她整个人都在不停地颤抖。我几乎听不清她究竟在说什么。"有那么一瞬间……在你办公室内……如果那个女孩子是我……然后我是你太太……那一瞬间我感到万分羞愧。我们都错了……真的做错了。"

我把她紧紧地抱在怀里。当我在她的耳边轻声说话时，她的头发摩挲着我的嘴唇，我能感觉到我的泪水划过脸颊，滴落在她的秀发上。我哀求道："伊莱恩，求你了，不要哭泣了。"

她疯狂地亲吻着我。"布拉德，布拉德，我爱你！"她叫喊道，她的泪水流到了我的嘴里，有些咸咸的。"不要放我走！千万别离开我！"

我说："好的，放心，亲爱的。"一瞬间，我的心里得到强烈的满足感，我闭上眼睛感受她的吻，"我永远都不会离开你。"

第三十二章

整个周末，我们没有时间的概念，时间已经没有意义了。这是从未有过的蜜月，梦想变成了现实。没有哪对男女可以像我们这样自由快活。我们想做爱的时候就做爱，想吃东西就吃东西，累了就睡觉休息。

我们开启了生命的新篇章，其中最真实的就是我们对彼此的感觉。剃须、淋浴、穿衣这些日常小事，壶中冒泡泡的咖啡、烤煳了的面包这些往日的寻常事物，都可以让我们大笑。这里是我们的秘密世界，是可以尽情欢娱的世界。

天下无不散之宴席。但结局还是比我们预料的要来得早一些。它终究是要来的，无法躲避。我们都知道这一点，只是谁都没有说破。正当我们打算谈论此事的时候，电话铃声响了，周末就像肥皂泡一样在我们的眼前破碎了。

我在壁炉前面的地板上躺着。火炉的热气温暖着我，我伸了个懒腰。她从浴室中走了出来，她是我见过最爱淋浴的女人。她就是一个淋浴迷，简直每隔一分钟就要淋一次浴。

在火光的照射下，她的浴巾下面露出的双腿仿佛被镀上了一层金边。我翻滚到她的身边瞬间抓住了她，她直接跌落在我身边，大笑了起来。我也大笑着，想要伸手把浴巾解开。她徒劳地攥着浴巾。

笑声过后，激情的火焰使我们的欲望燃烧起来。我们做爱就像是在演奏着我们生命中早就已经知晓的音乐。声音、动作、激情和痛苦融合成为一个整体。这样做爱是新鲜的，当我们在最后激情的火焰中慢慢冷却时，我们不是各自抗争着，而是我们一起抗争着。我们的激情发散到了无边的世界，然后随着时光流转，渐渐地重回这个世界。

我的呼吸慢慢平稳了下来。她忧郁地看着我。我亲吻了她的小鼻子。她对着我笑了笑，很快眼中又充满了忧郁的神色。在这两天的时间里，她的声音中第一次流露出痛苦："布拉德，我们最后会怎样？"

这是一个非常理性的问题，它对着我就是当头一棒。她有知道答案的权利。只是我从未正视过这个问题："我也不知道。"

她说："我们不可能这样一直下去，直至死亡。"

我试着开玩笑说："这样挺好的，我觉得很不错。"但是很明显，这个玩笑对她一点用也没有。

她就像没有听到一样。"你下半辈子不可能一直这样遮遮掩掩地度过，你迟早要走出房间。"她把浴巾重新包裹在自己身上，"你怎么想的我不知道，但是我做不到。"

我点了一支香烟，吸了一口，然后把香烟放在她的嘴里，真诚地回答她："我也不愿意这样。"

她吸了一口烟，注视着我，然后把烟放回到我的口中，平静地问道："布拉德，我们该怎么办？"

我想了很久才开口。我和这个女人不是什么在周末风流快活个几晚之后就付钱各自走人，我们是认真的。我把手指插入她的秀发中，然后把她的脸转向我："我们只有一个办法，结婚。"

她颤抖着低声问道："布拉德，你确定吗？"

我深呼吸了一下："嗯，我确定。"

"在这个世界上，我最想做的事情就是和你生活在一起，每天都和你在一起，"她看着我说，"可是你的太太怎么办？你的孩子怎么办？"

痛苦纠缠着我的心。我考虑了很多东西，但是我没想过他们。现在我终于意识到，我只关心我自己。我低头看着她的脸。"我们是不约而同走到了一起。"我说。我依稀记得那天早上我准备去见布拉迪时玛吉对我说的那些话。现在我才明白，玛吉早已预料到了。"其实玛吉已经知道我爱上你了，前几天她还对我说过，没有人可以保证一生，她会是第一个理解我们的人。"

她依偎在我的胸口："就算她能够理解，但是你还没说孩子该怎么办呢？"

我回答道："他们都已经不是孩子了，他们长大了。珍妮今年十六岁，小布拉德快要十九岁了。他们都已经知道该怎样去生活了，我相信他们也能理解我们的，他们已经快到可以自己照顾自己的年龄了。"

"可是如果他们因此对你产生怨恨，不再认你这个爸爸呢？你不会难受吗？或许过一段时间你就会因为我让你失去了孩子而憎恨我。"她轻声低语着，我几乎都要听不清了。我的喉咙有些干燥，甚至说不出话来。"我……我觉得这种情况应该不会发生的。"

她固执地说道："也许会呢？这样的事情也不是没有发生过。"

我不想再去思考这个问题："我会好好处理的。"

她又说："还有钱的问题。"

我立刻问她："钱？"

她回答道："如果离婚的话，肯定要花费你一大笔钱，我了解你。为了补偿她，你会委屈自己。她想要的东西你都会给她，这样做是对的，你也应该这样去做。她跟着你这么多年，这是她应得的。但是将来你也会因此而埋怨我。"

她用力地握紧我的手："我并不在乎钱，我在乎的是你。无论发生任何事，我都希望你能幸福。"

我亲吻着她的手："你会让我幸福的。"

她把我的脸转向了她，亲吻着我的嘴唇。"我会的，我保证。"她坚定地说道。

我靠在椅子上面："明天我就和玛吉谈这件事。"

她犹豫了一会儿："或许……或许你再等等看吧，等到你考虑清楚了再说。"

我坚定地说："我已经考虑清楚了，拖着没有任何好处，这样只会让事情变得更糟糕。"

她问道："那你要怎么和她说？"

我正要回答时，她突然用手指捂住了我的嘴，示意我不要说话。"别说，什么都别说，我不想听了。你准备说的话是每一个女人内心最害怕的事，对女人来说是最可怕的梦魇。我们女人一直生活在恐惧当中，生怕自己的爱人哪一天突然告诉自己，他已经不爱自己了。"

她深情地看着我："我不想知道你会和她说些什么，但是你一定要答应我一件事，亲爱的。"

我问道："什么事？"

她轻声低语道："好好地对她说，对她温柔一点，但永远不要告诉我你说了什么。"

我亲吻了一下她的眉毛："我向你保证。"

她把头转向我："你永远都不会讨厌我的，对吧，布拉德？"

我回答道："放心，永远都不会。"这时电话铃响了。

我们俩迅速地分开，都吓了一跳。这是整个周末打来的第一个电话。她疑惑地看着我："会是谁呢？没有人知道我这个周末在家里。"

我对着她笑了笑："想知道就直接拿起电话。"

她起身接电话。"喂？"她说。在她的耳边传来了电话那头的声音。她的脸上露出了怪异的表情。她的声音听起来异常地冷淡。"嗯，没有，我没有看到他。"她奇怪地看着我。

电话里又传来了一阵声音。电话那边的人在说话。她听着听着，眼睛渐渐睁大，她的眼神变得和我第一次看见她时一样忧伤。她闭上了双眼，身体微微地摇晃了一下。

我立刻跳了起来，伸出胳膊将她扶稳，我轻声地问道："怎么了？"

她异常紧张，声音也慢慢变得生硬。"别担心，罗恩先生。他在我边上，我让他来接电话。"说完她把电话递给了我。

我接起她递过来的电话，问道："是爸爸？"我的目光一直在她身上，看到她走出了房间。

他尽力保持平静："玛吉让我想办法联系上你。小布拉德病得很重，她现在已经飞过去看他了。"

我瞬间觉得天昏地暗，就连脚下的地板都在摇晃："发生了什么事？"

他回答道："急性脊髓灰质炎，已经在医院了。玛吉说你会为我们大家祈祷的。"

我一时说不出话来。

他紧张地问道："喂！布拉德！你在听吗？"

我回答道："我在听着，玛吉什么时候离开的？"

"今天下午。她让我尽快联系你。"

我问道："珍妮呢？"

电话那边传来她的声音："我在这呢，爸爸。"

我听到了那边爸爸的咆哮声："把电话放下，你这个淘气鬼！"

"让她听，没事的，爸爸。"我说。她此时一定在楼上拿着分机偷听。她迟早会知道真相的："宝贝，你怎么了？"

她对着电话哭了起来。

我温柔地说："别害怕，宝贝，哭是没有用的。爸爸马上就赶过去。"

她不相信地问道："爸爸，你会吗？你会不会离开我们？"

我闭上了双眼："宝贝，当然不会，现在把电话挂了，去床上睡觉，我要和爷爷谈一下。"她的声音听上去好多了："爸爸，晚安。"

"晚安，宝贝。"我听到电话那边传来声响，我说道，"爸爸。"

"嗯，布拉德。"

"我现在就过去。有什么话需要我转告玛吉吗？"

他说："没有，我会和你一起祈祷的。"

我挂断了电话，嘴巴里面有些苦涩。玛吉没有打电话过来，因为她知道我在这儿。爸爸打电话过来是因为他也知道我在这儿。我不是在愚弄别人，我是在愚弄自己。

我走出房间来到伊莱恩边上问道："你都听到了？"

她点了点头："我送你去机场。"

"谢谢。"我走到浴室里，"我先穿衣服。"我傻乎乎地说。

她没有说话，转身朝卧室走去。几分钟后她穿戴整齐地来到浴室里。打领带时，我对着镜子看着她。领带没打好，但我已经不在乎了。

她满脸同情地说："我很难过，布拉德。"

"他们说如果是在早期，就不会很严重。"

她点点头。"现在的医疗技术已经先进了很多，比起我们那个时候……"痛苦地回忆重新出现在她的脑海中。

我转身把她拉过来："亲爱的。"

她用力将我推开："赶紧走吧，布拉德。"

在机场，我亲吻了她："亲爱的，我会给你打电话的。"

她抬起头看着我的脸，悲伤地说："我是一个不祥之人，总是给每一个我爱的人带来厄运。"

我安慰她："别说傻话，这不怪你。"

她睁大了眼睛看着我："难说。"

我大叫道："伊莱恩！"

自责的神情从她的眼睛里消失了。"我会为他祈祷的。"她转身向她的汽车跑去。

我来到机舱里，找了个靠窗的位置坐了下来。我看着窗外，却看不到她。飞机的引擎发出了轰鸣声，我弯腰用手捂住了头。有一个疯狂的想法浮现在我的脑海中，如果有人犯错了，那不是伊莱恩，是我。

人们是如何悉数祖先的罪过的？

第三十三章

当我把小布拉德的名字报给接待台身穿蓝色制服的护士时，已经快到中央标准时间的午夜了。我在等待她翻卡片的时候把外套脱了下来。我看到大门外送我来的出租车驱车离去。

一位穿着灰色衣服的修女经过前台时，护士叫喊道："安吉利卡修女！"

那位修女回头问道："怎么了，伊丽莎白？"

护士说道："这位是罗恩先生，能麻烦您带他去 828 房间吗？他的儿子在那里。"

这是位平易近人的修女，她轻声说道："请跟我来。"

我们乘着电梯上楼。"电梯操作员十点过后就下班了。"她一边解释，一边按下了电梯按钮。我们乘坐电梯来到八楼，有一条蓝色墙壁的走廊。大厅的那头是另一条走廊，我们走了过去。我看见有个人蜷缩在走廊尽头的长椅上。

我冲了过去，把修女丢在了身后，我叫喊道："玛吉！"

听到我的声音，她抬起了头。疲惫和忧愁深深地印刻在了她的脸上。她声音沙哑地叫喊道："布拉德！你来了！"

如果我没有将她拉住，她差一点就摔倒在地上了，我焦急地问她："小布拉德怎样了？"

她抽泣着："我也不知道。医生说暂时还无法下结论。他还没度过危险期。"她抬头看我，那灰暗的眼睛让我想起了伊莱恩。一样是痛苦的眼神。

我无法直视这双眼睛。我把目光转向紧闭的房门："我们现在可以进去看他吗?"

她回答:"他们说半夜的时候我们可以进去看一眼。"

我看着修女:"现在已经是半夜了。"

"我去叫医生。"她说完便转向大厅,走进了一个房间。

我扶着玛吉示意她坐下,然后我也在她边上坐了下来:"你坐着好好休息。"

她的脸色很苍白,我点了一支烟,把它放到了她的双唇之间,她紧张地吸了一口。

我问她:"你吃东西了吗?"

她摇摇头:"没吃,我没有胃口。"

大厅那边传来了脚步声。我们抬头一看,安吉利卡修女带着一个医生走了过来。"你们可以进去探望一下,"他轻声地说,"但是要赶紧出来,最多只能待一分钟。"说完他为我们打开了门。

我们悄悄地穿过了走廊。当我们看到孩子时,玛吉倒吸了一口气,指甲紧紧地掐着我的手。过了一会儿,我的手上出现了血印。

他躺在了一个笨重的铁质呼吸器后面,只有头部露出来了。他浓密的深色头发因为沾满了汗水而发亮。他的双眼紧闭,脸色苍白。连接着氧气罐的一根黑色管子插进了他的鼻孔里,他痛苦而又困难地呼吸着。

玛吉想走过去抚摸他,但是被医生制止了。"不要打搅他,他现在需要休息。"

她安静地站在那里,紧握着我的手,我们就这样注视着小布拉德。她的嘴唇微微颤抖着,像是在和他说话,但是没有发出任何声音。

我走了过去。这是我的孩子,我能清楚地感受到他的痛苦。这是我所生的一个巨人,现在只能无助地躺在那里,我生命中的一部分正在饱受煎熬，而我却无法减轻他的痛苦，我什么也做不了。

我还记得他秋天去上学时候的样子。我嘲笑地说他太瘦了，不能参加足球队。我以前说过，按他的身高，最好还是去打篮球。这类运动比较安全，而且只要他技术不错，每年都可以从赌徒的身上拿到五万块钱。

我忘了他当时是怎么回答我的，不过我还记得他满脸都是惊讶的表情，他没想到我居然会拿这种事和他开玩笑。

现在他被一大块的金属包裹着，这块笨重的金属代替他呼吸，因为他已经虚弱地无法自己呼吸了。我可怜的孩子。小时候他在夜里哭泣时，我会常常抱着他在房间里走来走去。肺功能最强的孩子，我曾经这样抱怨过。我多希望现在还能这样抱怨。他的肺已经不行了，而我也无法代替他呼吸。只有这个笨重金属的白色无菌罩在医院的灯光照射下反射着刺眼的光芒。

医生低声说："你们该离开了。"

我走向玛吉。她朝着熟睡的孩子送了一个飞吻。我搂着她的胳膊跟在医生后面，离开的病房，轻轻地关上了门。

我问道："医生，结论要什么时候才会出来？"

他爱莫能助地说道："很难说，罗恩先生。他还没脱离危险期。这个阶段可能是一个小时，也可能是一个星期。无法预料。"

"他会不会……会不会有永久性的损伤？"

他回答道："罗恩先生，我说了现在无法下定论，只有过了危险期，我们才能了解是否造成损伤。现在我只能告诉你一件事情。"

我焦急地问道："医生，是什么？"

"我们会尽力地为他治疗，你们不要过分地担忧，也不要胡思乱想，如果连你们也病倒了，那事情就麻烦了。"他向着玛吉温和地说道，"你在这儿守了这么久了，最好还是去休息一下吧。"

她用手背揉了揉眼睛说道:"没事,我不累。"

医生对我说:"罗恩先生,让她去休息,明天早上八点你们可以来看你们的儿子,晚安。"说完他朝大厅走去。

我们目送他走进了他的值班室,然后我转身对玛吉说道:"医生的话你也听到了。"

她点了点头。

我说:"我们走吧,住哪家旅馆?"

她沉闷地说道:"我没安排,我下了飞机就立刻赶过来了。"

安吉利卡修女说道:"楼下有电话,你们可以打电话给旅馆订房间。"

我对着她道谢。"你的包呢?"我问着玛吉。

她回答道:"在接待台。"

我们慢慢地来到电梯边上。我们乘坐电梯下了楼,来到接待台。安吉利卡修女说道:"电话在走廊的那边。"

我打电话订好了房间,又叫了辆出租车,回来的时候我发现玛吉不见了。我来到接待台前问护士:"我太太呢?"

她的目光从前面架子的一本杂志转移到我身上,指着一个方向说:"罗恩先生,我想你的太太和安吉利卡修女到小教堂去了,就在电梯那边,从你右边的第一扇门进去就是。"

这是一个很小的教堂,圣坛上跳跃着烛火,周边泛起阵阵金色的光芒。我站在门口,朝里面看,玛吉和安吉利卡修女在围栏前低着头。我沿着走道慢慢来到玛吉身边跪了下来。

我看着她。她的双手紧紧抓着围栏,前额靠在手上。她的嘴唇轻轻颤动着,双眼紧闭,但是她知道我在身边。她稍稍向我靠近了一些。

第三十四章

我安静地躺着，听到玛吉在睡梦里哭泣。我默默地在床头拿起一支烟，用手挡着火光，以免把她惊醒。我点燃了香烟，烟圈一阵阵地从我的鼻孔中冒出来。

我根本睡不着，脑海中不断回想着玛吉在精疲力竭倒下之前说的那些话。

她哭泣道："布拉德，我非常害怕。"

"别担心，他不会有事的。"我努力装出一副镇定的样子。我觉得嗓子很不舒服。

她叫喊道："上帝，求求你了，我不想再失去一个了。"

那时我确信她已经知道要发生的一切，但是我没有接话。我想说一些安慰她的话，可是我又无法为自己辩解。我会选择在另一个时间和另一个地点和她说清楚，但绝对不是现在。

我想起了伊莱恩。现在我才明白她的意思，生命里所有东西都必须付出代价。到现在我才明白，她为什么会问我的感受。

我把烟掐灭在烟灰缸里。玛吉还在睡梦中哭泣。我的心里产生了一种从未出现过的爱怜之情，我把手臂枕在她的肩膀下，把她的头放到我的胸口。

她娇小的身子依偎在我身上，像个孩子，没过多久她便停止了哭泣，她的呼吸慢慢平稳了下来。我就这样躺着，等待着黑夜过去，黎明的曙光照射进屋子里。

一个星期之后，医院的检查结果终于出来了。那天早上我们走进医院时，所有人都面带微笑。安吉利卡修女、接待台护士、电梯操作员，甚至是那些平时不苟言笑的保洁员和服务员都在对我们微笑。

医生从他的办公室里走出来，伸出了双手。我和玛吉各自握住了医生的一只手。"脱离危险了，"他兴奋地说，"他会没事的。稍微休息一段时间，他又可以活蹦乱跳了。"

那一瞬间我们完全说不出话，只能热泪盈眶地看着彼此。我们紧紧地握住对方的手。我们跟在医生的后面，穿过大厅，来到布拉德的床边。

他还躺在床上，脑袋微微抬起，面朝着房门。房间的另一头是那台笨重的金属呼吸器。我们一起跪在他的床边，哭着亲吻他。

他冲着我们笑了笑，还是像以前那样咧嘴笑，他用手指了指那台金属呼吸器。"老兄！"他说话的声音依然虚弱，但是他的神色已经和往常一样了，"快把那东西拿走！"

我走出了机场，直接赶往办公室。爸爸送玛吉和小布拉德回家。快到九点了，办公室里空无一人。我自嘲地笑了笑。还有很多事情等着我去处理。我关上门，开始阅读桌子上的文件。

鲍伯·李维是个好帮手。我不在的这段时间，他做得很不错。当危机解除的消息传出去后，我之前的老客户都想重新加入。他接受他们归来，但是把费用提高了，我想他是决定给他们一个教训。

我翻看着文件，回过神来时已经快十点了。见鬼，这些人都跑哪儿去了？我用力按下了内线按钮。

米琦惊讶地问道："是你吗，布拉德？"

"是我，不是鬼！"我努力装成一个残忍的工头。

员工们一瞬间全都涌进了我的办公室，争着要和我握手。他们都为我感到高兴。我觉得很开心。所有事都这么顺心。

他们离开后，鲍伯留了下来，他说道："十二点半的时候我们要和钢铁工业协会的成员聚餐。"

我答应道:"好的。"

他继续补充道:"他们的律师表示午饭过后会把合同带来。"

我抬起头看着他:"多亏了有你在。"

他对着我笑了笑:"我也想对你说同样的话,挺有意思的,对吧?"

我也大笑道:"不过还不错。"

他回到了自己的办公室,上午的时间在忙碌的工作中很快就过去了。快到吃午饭的时候,米琦拿着一个盒子来到我的办公室,她把东西放在我的桌上:"一个皮衣商送过来的。"

我看着它发起了呆。然后我想起来了,明天就是我们的结婚纪念日了。简直不敢想象,距离我和珍妮策划纪念日赠送皮大衣作为礼物已经有一个月了,而且这段时间里发生了这么多事。

我对她说:"把它放到我车上吧。"

她拿着盒子离开了办公室。我看着她把门关上了。我想起订购的那天是我第一次见到伊莱恩的时候。

伊莱恩!见鬼,我僵住了。我答应会给她打电话的,但是一直都没时间。我似乎有一千年没有和她说过话了。我拿起电话拨通了长途。

正当我准备告诉接线员电话号码时,鲍伯的脑袋探了进来。

他说:"最好快一点,你不会想和他们的第一次正式会见就迟到吧?"

我不情愿地放下了电话,站了起来。只要吃过午饭,我就立刻给她打电话。我拿起帽子和外套,朝着门外走去。

那时我还不知道她已经离开人世十二个小时了。

作为结束的开始

我头痛欲裂，泪水止不住地往外流。我独自坐在椅子上，看着窗外，不知过了多久。但是我依然理不清头绪。

蜂鸣器响起，精疲力竭的我来到桌旁，接起电话："米琦，有事吗？"

"桑德拉·华莱士要见你。"

我犹豫了一下。我看了看时间，已经六点了。我做出了决定，对着电话说："请她进来。"

我站在那里，桑德拉打开门，走了进来。她披着一头美丽的金发，充满了活力。生命最原始的能量在她的身上表现得淋漓尽致，这个世界没有什么东西是可以击垮她的。我坚信这一点。她和伊莱恩不一样。

她用蓝色的眼睛看着我，轻声地说："你好，布拉德。"

我温柔地说："桑德拉，进来吧。"

她缓缓地走了进来："你怎样了？"

我疲倦地回答："我很好。"

她说："听说你的孩子已经好多了，我很高兴。"

"谢谢。"我说。对于她得知这个消息，我表示很奇怪。"你怎么跑到城里来了？"

"我专门过来给你捎个信。"

我问她："布拉迪先生的信？"

她摇摇头说道："不是。"

我疑惑地看着她。

她说："是舒勒太太的。"

一时间我完全没有反应过来，但是突然我的脑袋像要炸裂了一样："舒勒太太？"

我笨拙地说道："可是她已经……已经……"

桑德拉平静地说道："我知道，我早上听说了。布拉迪先生非常难过。"

我问道："你为什么会为她捎信，你见过她？"

她又摇了摇头，打开了手中的皮夹子，递给我一封信。"我没见到她，但是信是今天早上邮寄过来的。"

我接过信，信封已经被拆开了。我看着她。

她立刻说："第一封信是给我的，里面还有一封。是给你的。"

我打开了信封。我闻到一缕熟悉的香味，淡淡的，那是伊莱恩常用的香水味道。我紧闭着眼睛，感觉她重新站在了我的面前。里面还有一封封了口的信。我拆开了信封，看了看桑德拉。她还站在那里。

她立马说："我去外面等。"

我摇摇头："别走。"

她到长沙发边上坐了下来。我也坐了下来，开始读着伊莱恩的信。她的笔迹工整娟秀，看得出来不是在冲动之下写的信。显然在写这封信的时候，她已经做出了选择。书信的日期是在两天之前。

我最亲爱的布拉德：

送你上了飞机之后，我一直在想念你，并为你祈祷。我最大的愿望就是你的儿子能够平安健康。这才是最重要的事。

想到这里的时候我忽然意识到我们都太渺小和愚蠢了，我们太自私了。我们为了短暂的激情居然想要抛弃一切。

然而事实上，这已经是我们能给予对方的一切了。我也明白了这一点。我的生命已经逝去，然而我还想要借用你的生命。

记得我对你说过，你让我想起戴维，因为你身上有和他一样的品质，戴维重视他的家庭，爱他的家人，而你也是这样。

你最初吸引我的地方就是这里，只是我当时并没有意识到。你们是同一类人。

你离开我之后，我感觉到很孤单，我来到戴维和孩子们安息的墓地。我坐在那里的凳子上，看着已经刻好了我名字的墓碑。它就在他的身边，就像他还在世的时候我和他一直相依在一起一样。也是在那时候我才想到，如果我和你在一起，我就永远都不能再跟他和孩子们在一起了。所以，我们永远都不能相守，哪怕我们彼此都深爱着对方！

这是我思考之后的结果，不是我爱你爱得太少，而是我对戴维和孩子们爱得太多！

因此请不要认为我背叛了你对我的爱，我对它的珍爱之情无以言表。请你想念我，为我祈祷。

爱你的

伊莱恩

泪水不停地从眼眶中涌出，渐渐模糊了我的视线，但是我感觉自己好多了。我的灵魂得到了解脱。我站了起来，沙哑地说："桑德拉，谢谢你为我带来这封信。"

她也站了起来，说道："我必须把这封信带给你，因为我知道你爱她。"

我深吸了一口气。"我爱过她。"我说。只是我一直都不知道她的生活有多痛苦，她心里的伤有多深。现在我只记得她那双蓝色的眼睛就像被烟雾笼罩着，因为痛苦而蓝得发紫。

她走到门口："我要回去了，我告诉诺拉婶婶我会在十二点之前回家的。"

我惊讶地问道:"诺拉婶婶?"

她点了点头。"布拉迪先生带我去见了她。他说想要我当他的女儿。我会在他们家住一段时间。"一丝怪异的笑容再次掠过她的嘴角,"我不知道你那天和他说了什么。不过,在那之后,他就像变了个人一样,我甚至有些喜欢他了。当你接近他,然后了解他之后,你会发现他是一个很好的人。"

"你能这么说我很高兴,桑德拉,"我走到门边,看着她,"你的到来对他们俩来说是好事。"

她微笑着说:"希望是这样。"她像个小姑娘一样仰起脸来让我亲吻她。

我吻了她一下,说道:"桑德拉,再见。"

她关上了门。我走到窗前,打开了窗。我安静地站在那里,把伊莱恩的信撕碎,撒向了窗外,让它们随风散去。

这是一个结束,也是一个开始。一种全新的生活在向我招手,我对生命有了新的感受。有些人总是忘记秋天是成熟的季节,不顾一切地想要找寻春天的激情。我和他们都是一样的。但是现在我清楚了,时光一去不复返。还有很多新的生活在等待着我和玛吉、孩子们一起度过。美好未来的生活。现在我终于知道伊莱恩的意思了。在他们身旁。我做了一个深呼吸。寒冷的空气吸进了我的肺里,我觉得好受多了。突然我有一种想要回家的渴望……

在开车回家的路上,这个冬天的第一场雪落了下来。当我把车拐进车道时,地面上覆盖了一层薄薄的雪花。我将车停在车库前面,坐在车里,抬头看着我的家。

灯光从每个窗口照射出来,甚至还有小布拉德房间的光线。一股暖流缓缓涌入我的心头。爸爸的车停靠在门口。

我下车打开了车库的大门。和以往一样，铰链发出刺耳的声音。我回到车上，把车开进了车库。

我听到珍妮叫喊着："爸爸！爸爸！"

我下了车，她瞬间投入了我的怀抱中。我亲吻着她。"宝贝，你还好吗？"我问道。"我很好！"她兴奋地回答我。然后她压低声音，神秘兮兮地说："但愿你没有忘记送妈妈的礼物，她可是为你准备了最好看的手表！"话还没说完她就用手捂住了嘴巴，"天啊！我明明发誓不会告诉你的！"

我笑了笑，很可能她也已经告诉了玛吉我送的礼物。她从来就不会保守秘密，从来都不会。我温柔地说道："宝贝，没关系的，我可以假装不知道。"

我拿起了座位上印着皮衣标志的礼盒，夹在胳膊下面，牵着珍妮的手，踩在水泥过道的雪花上，朝家里走去。